蚂蚁的白日梦

黄毅 著

CHISO 新疆青少年出版社

图书在版编目(CIP)数据

蚂蚁的白日梦 / 黄毅著. -- 乌鲁木齐 : 新疆青少年出版社, 2022.5(2025.1 重印)

ISBN 978-7-5590-8371-5

Ⅰ. ①蚂… Ⅱ. ①黄… Ⅲ. ①散文集-中国-当代 Ⅳ. ①I267

中国版本图书馆 CIP 数据核字(2022)第 025047 号

出版人 马 俊
责任编辑 骆 娟 郑 莹
书籍设计 罗慧琴
插 图 杨世新

出版发行 新疆青少年出版社有限公司
社 址 新疆乌鲁木齐市经开区泰山街 608 号
邮政编码 830015
电 话 0991-8156943(编辑部)
0991-8156960(发行中心)
网 址 http://www.qingshao.net
经 销 各地新华书店
法律顾问 王冠华 18699089007
印 刷 河北环京美印刷有限公司
制 作 非凡印艺图文工作室
开 本 880 mm × 1230 mm 1/32
印 张 6
版 次 2022 年 5 月第 1 版
印 次 2025 年 1 月第 4 次印刷
书 号 ISBN 978-7-5590-8371-5
定 价 24.00 元

目录

班公湖鸟世界

一位对岩画颇有研究的朋友曾搞过一次恶作剧，在天山旅游区的某一处山壁，他仿照天山岩画的特点，用石块敲击出了野山羊、马等图形，几个月后被人发现，竟爆出了一条不小的新闻。其实也就几个月的风吹、雨淋、日晒，那些镌刻在山岩上的简单线条便有了意想不到的沧桑感和历史感，有的时候人难免自欺欺人。

但这位朋友也告诉我，阿尔塔米拉洞窟岩画是1879年在欧洲发现的第一个史前艺术洞穴岩画，之后，欧洲、亚洲、非洲、美洲以及大洋洲的许多国家都相继发现了不计其数的岩画，这些岩画分布在150多个国家和地区，上自旧石器时代晚期，下自当代原始部落，跨越的时代达数万年之久。

一般来说，岩画取材自然，贴近生活，多以身边事物直接入画，内容丰富多彩。当我在海拔6000米的日土县任姆栋山上，看到那些据说是创作于大约原始巫苯时期，至公元前三世纪左右雍仲苯教祖师辛饶米沃时期的岩画时，我竟产生了不小的怀疑。倒不是完全对其真伪提出疑问，而是对岩画的内容，单个图像的牦牛、羊、鹿、马、鹰、鸟等产生了不同的想法。牦牛、羊、马这些动物在阿里是常见的，只是鸟很少见，有多少次荒漠的远行，满眼的苍黄，真希望有那么一两声鸟鸣打破荒野的死寂。那么，此处岩画上的飞禽，是比照何物所绘呢？难道是因环境的不断恶化，那时鸟很多而到了我们这个年代就绝迹了吗？没有了飞鸟的影子，靠什么点燃想象呢？

然而时隔不久，我的所有这些质疑都被粉碎了！因为在班公湖我目睹了有生以来遇到的最盛大的鸟的“群众运动”。

班公湖是一个狭长的湖泊，在湖畔高埠上可以看到那一线蓝色延伸到克什米尔地区。湖水就很有神秘色彩，东淡西咸，我国境内为东部湖区，以淡水为主，水草丰茂，游鱼密布，而西部湖区则完全是咸水，牛羊不能饮，更没有鱼等水中生命了。多少年来，潮起潮涌，风来浪去，可淡水区与咸水区之间似乎有一道无形的屏障相隔，使彼此难以混淆。

知道班公湖的人不少，地图和报刊上也一概沿用此名，但真正的日土县人却不高兴听到这样的称谓，他们会非常认真而不厌其烦地向外来者提醒和纠正："班公"是印度语（大约是一方小草甸的意思），藏语应是"措木昂拉仁波湖"，意为"长脖子天鹅"。这大概与此湖的形状和湖中鸟岛多有斑头雁——当地人称之为灰鸭有关。

班公湖上的小岛很多，最为著名的当属日土县境内的鸟岛。这座岛长不过三百余米，宽约两百米，远远望去仿若一尾晒太阳的游鱼露出的脊背。

当靠近它的时候才发现，那是完全被鸟覆盖、被鸟遮蔽、被鸟占领的岛屿，甚至我看不清小岛土地的颜色，满眼全是灰色、白色和棕色，而这些颜色又不是静止的，颜色的错乱和蠕动，让我在踏上鸟岛之前就已经眩晕。

这是怎样的鸟的王国，我们的闯入蛮横而生硬。并没有征询鸟的同意，更没有一点点的解释，人的态度往往把人推到了一个极端，而往往还浑然不觉。并不是什么地方、什么物种都欢迎人的到来，无所不能的人，并非无所不晓。

鸟群在我们的头顶聚集。这是鸟中的男子汉，是鸟的军队或者全民皆兵。鸟在阻止我们登岛。像B–52轰炸机一样，鸟群在我们头顶抛掷着白色的鸟粪，那些通过鱼虾蚊虫变成的排泄物，在我们的头上、身上炸成一片斑斓的腥臭。而那些超低空飞行的“敢死队员”们，直接俯冲下来，用尖锐的长喙袭击我们的脑袋，谁的帽子就这样被啄起抛进了水中。

我是第一次面对这样集体的抵抗。每一只鸟都在大声鸣叫，冲着我们高喊高叫。我再不会听到任何别的声音，也不要想发表自己的感受说出任何一句话，因为你连自己说什么都不会听到，更不要企望其他人能听到。鸟封杀了人类的声音，完全剥夺了我们的话语权。鸟群环绕着每一个人，鸟的叫声尖厉而嘎哑，有的就在我的耳畔，可以听出气息在脖子里摩擦的咝咝声；有的就冲着我的眼前长喙开合，我甚至看到了在它们喉咙的深处，血红色的鸣管颤动如风中的经幡。

这是和宗教、政治、经济、军事完全无关的一次全民总动员，鸟们同仇敌忾，表现出极强的协调性和机动性。这里看不出谁是领袖、谁是王者，它们的总统隐匿在鸟的深处，每一只鸟都可能是总统，总统可能就是鸣叫的

那一只只鸟。面对这样的大众组成的同盟,无数渺小的个体集合的强大,人是多么的弱小,人显得多么形只影单。

我总觉得在鸟的阵势里,有某种东西在作祟,否则鸟表现出的狂热,该怎样解释?而这种东西是什么?那是一种看不见、摸不着,又无处不弥漫在空气中的氛围和情绪。在班公湖鸟岛,我平生第一次领受了情感上这样的指责和压迫。

相对那些在头顶锐叫飞冲的鸟,那些在地面的鸟则表现出平静和克制,它们是妇女和儿童。脚下是松软的鸟粪的堆积层,上面落满了美丽的羽毛,而用树枝、草屑、水草和羽毛搭建的鸟巢则遍布整个岛屿,每一脚下去,都有可能踏上鸟卵或者小鸟。我在不到十分钟的时间里,目睹了一只棕头鸥从蛋壳里脱身而出的整个过程。没有谁帮助它,靠着自身的本能和力量,它啄破蛋壳,露出赤黄的喙尖,而后是整个小脑袋,几乎没有停顿,红色的脚趾和褐色的翅膀便蹬踏而出,它的晶亮犹如天珠的眼睛,第一次与人类相遇,我不能平静。

最让人心悸的,是那些没有被孵化的寡蛋,它们散布在四周,孤零零的,白得刺目。它的同伴早已从蛋变成了鸟,只有它被闲置在那里,一任粪污让它肮脏下去,直到失去本来面目；还有那些早夭的雏鸟，完全已经丧失了飞翔者的美感，羽毛散乱，姿态僵硬，与缺少翅膀的石块无异。我看到了鸟的另一面，任何繁荣昌盛的背后，总是有那么些不能一同步入胜境的遗憾，总有一部分小小的失去换来全面的新生。

在阿里的其他地方，极少见到鸟，我总在想，肯定是全阿里的鸟都集中在了这里。班公湖是一个丰饶的湖。湖中有大量的水生植物为鱼类提供良好的栖息场所，鱼类品种有10余种之多，其中尤以鲤科的裂腹鱼亚科最多。班公湖畔也是一片颇为丰美的草场，当年这一带曾被格萨尔命名为“玛嘎”。“玛嘎”有两种说法，其一，“像酥油一样”，极言其水草丰茂；其二，“爱妈妈”，当格萨尔行至这片草滩，马不再往前走，格萨尔遂对马说：“玛嘎！”意即草滩是马的母亲。

我还听说，日土宗山上的伦珠曲典寺，有一位活佛，早年他派寺中的喇嘛常年在鸟岛上饲养着鸥鸟，以佛的名义禁止人们对鸟的骚扰行为，因此长期以来，班公湖是个升平世界。今天鸟岛万鸟齐翔的壮观是否与那个早已升天的活佛有直接关系呢？

我们来这里干什么呢？我们的摄像机、照相机究竟带走了什么？谁说美，只能带来更美？鸟的美，在于振翮的翅膀在澄明无所依的境地划动自如，而不留一丝涟漪,就是这样的美,往往会引发人的其他想法。

在班公湖鸟岛,当鸟的流星雨呼啸而至,当鸟的潮头大起大落,当鸟的雨雹倾泻而下,当鸟的果实结满天空,我想到作为一个人的悲哀,我的腋下痒痒地生疼,这是否为生出翅膀的前兆?

天国之鸟

从来没有哪一种飞禽，能像天鹅那样，以现实主义大鸟的姿势飞临，而以浪漫主义的翩然绝尘而去。

在巴音布鲁克草原，天鹅是离生活最近也最远的东西。人们在草原上游牧，娶妻荫子，饮酒放歌；自土尔扈特部渥巴锡率部众于1771年从俄罗斯东归以来，草枯草荣几度，牛羊的宗谱已无法再续。人们坚持着自己的生存方式，平静地生活着，这似乎与那些在野生状态下悠然游弋的天鹅无关，这好像和天鹅每年的南来北往没有必然的联系。

其实，只要守着湖，守着那些天鹅在湖中嬉戏，人们

的心中就安稳了许多,青草碧水间洁白的天鹅家族无意向人们展示祥和与安宁,但人们分明领受到了一种和谐之美,一种启示,比照之下人们没有理由不很好地生活下去;而来自远方的讯息和寄予远方的希望,都由随季节迁徙的天鹅不经意完成了。

还有爱情。我们写出关于爱情的不朽诗篇,我们为爱情浅吟高歌,爱情是我们生活中最重要的部分之一。因为爱情我们变得崇高善良起来,因为爱情哲学充满了人间烟火。爱情创造了美学,爱情创造了爱情。为爱情可以发动一场战争,为爱情可以让海枯可以让石烂。

可是,我们并不真的比天鹅懂得多少爱情。天鹅倘结成了伴,那便是终身的事,无论是年年4月从温润的南国飞来,还是每到10月,远去暂避严寒,它们都相扶相携,用宽大的翅羽分割着气流,尽量减少后一位的阻力,真正意义上的比翼而飞;它们也前呼后应,相互讯号,如果谁在劲健的气旋中掉了队,那么整个天鹅的队伍就会停止,齐声嘎嘎而鸣,是催动,更是鼓劲,空旷天地间,声震山河。

就是孵卵也很有意味,雌雄轮流分担,待小天鹅出生,则共同养育,一同分享生活的甜蜜和艰辛,假如哪一只天鹅不幸早夭了,另一只便终身不再嫁娶,整日离群索居，哀鸣不止，甚至衰竭咯血而亡。还有哪一种爱情，比天鹅表现得更忠贞不贰，更感天动地呢？

因此，天鹅就不仅仅是一种象征，一种隐喻，一种比兴了，任何一种写作手法，都不足以描绘天鹅在现实中的意义。在高度发达的物质社会，人们呵，从天鹅的爱情观中，能悟出点什么，能触及天地的良知吗？能就此内心而有所敬畏吗？

人类家园的兴旺，不能保证天鹅家园的兴旺，而天鹅的兴旺，必定是人类的兴旺。

说到天鹅，就不能不说到天鹅栖息的天鹅湖，尤鲁都斯盆地的冰峰雪岭环抱着巴音布鲁克草原，犹如一块含绿藏英的翡翠，被莹洁炫目的钻石镶裹着。天鹅湖实际上是开都河在天山中部环绕蜿蜒形成的一片湿地，而开都河又是天山融化的积雪和无数的涌泉汇聚而成的。

你只要看一眼这个湖，就会明白天鹅为什么会选择这里作为栖身之地，为什么会远涉千山，远渡重洋一同飞回天鹅湖，来此筑巢、换羽、求偶、生儿育女，栖息繁衍。

蜿蜒秀硕的天鹅湖，是模仿了天鹅的曲项之美，还是天鹅以湖的流线塑造自己？湖与天鹅密不可分，天鹅与湖形成大美。

蒙古族视天鹅为神。在湖边放牧，看云起云落，天鹅去去来来，这是日常生活中最寻常的一个场景，可是无数个如此寻常的日子，却构成了最不寻常的生存态度。

曾经有位牧民，在牧归途中发现了一只受了伤的幼鹅卧在草丛里呻吟，便毫不犹豫地抱回家中护养。从此，这个小生灵就成了他们家中的一员，成了牧民儿子的安全伙伴。每到傍晚，它总要守候在路边翘首以待牧人的归来，见到牧人，便扑棱着翅膀欢呼向前，用长喙亲昵地牵动牧人的衣角，欢快地低鸣不已；偶遇牧人晚归，它就焦急地拍翅而鸣，来回踱步，直到看到牧人的身影，它才安静下来。

三年后，丑小鸭长成了白天鹅，牧人抱起天鹅，送到湖边，让它认祖归亲，谁知三天后，它又突然飞落在牧人的蒙古包前，以后的数日，它便往来于同类和牧人之间，像是信使传递着什么。

秋天，天鹅要南飞了，牧人的蒙古包顶忽然传来一阵阵天鹅的鸣叫。一群天鹅在那一只天鹅的带领下，飞临牧人的蒙古包，盘旋着，呼唤着，眷恋之情油然而生，牧人与他的家人也一同挥舞着双臂，呼唤应和着天鹅的鸣叫，目送着天鹅群旋翔着渐渐离去，融入白云……

诺贝尔文学奖获得者，爱尔兰大诗人叶芝，写过一首非常著名的象征主义诗歌《丽达与天鹅》。按照叶芝的神秘象征体系，历史每一循环是两千年，每一循环都是由一位姑娘和一只鸟儿的结合开始的。诗人把丽达与天鹅的结合作为历史的开端来写。

天鹅，你的存在是否预示了真善美的世界才是世界的终极？你的飞翔是否唤起了世间多少生命追寻你的歌声？

我们守着湖，守着那些天鹅在湖中嬉戏，我们的心中就会安稳许多。我们知道，我们内心最脆弱也最缺少的那部分，是不会被轻易替代的，但是这世上只要还有天鹅，只要巴音布鲁克还有天鹅飞翔，那么我们就不会绝望，不会泯灭天地的良知。

蓝 马

马作为一种奔跑,多了几分奢侈;马作为一种速度,又少了几分节制。千百年来,马就这样被我们定义来定义去。

不要指望哪匹马能在画幅中留下身影,那些能够悬之以壁供我们静静观赏的,充其量不过是我们对马的一些印象和想象。想想看,谁能真正留存住闪电和时间这类与奔跑、速度一致的东西?

我们热爱马,那是因为马的许多品质是我们崇尚而我们自身又缺少的。人被马逼迫到一个难堪的境地——我们骑着马、驾驭着马,我们还诞生了伯乐用以甄别马的优劣，而我们不知道，真正被甄别挑选的是自己，对于一匹细腰圆臀，蹄腿修长，长鬃飞扬的马来说，不是谁想稳坐其背都能够实现的，难道它不是在挑选骑手，甄别善恶？

马不被人骑显出的是野性与落寞，背脊感到阵阵冰凉；马背上长出一个骑手，马便立刻显得隐忍而高贵，人在马背是马对人的认同还是人对马的驯服？我们都确信，马从来没有驾驭过一个人，被马背掀翻在地的人尚可爬起来，而被时间、速度掀翻落地的人，就难再站立起来了。

因此我们不能被马轻易迷惑，不管是什么颜色的马，都逃不脱干系。蓝色，那是草原夜色的再现，它是宁静与平和，而蓝马一定是暴烈的内核包裹了一层宁静平和，是一团随时准备燃烧一切的火，被包裹了一层月色般的温柔。它的骨头铮然，犹带铜声；它的肌肉啸聚，澎湃如峰；它的血脉偾张，大起大落。然而，它又是虚幻的，在最不可能诞生梦境的山谷，飘忽而至，如影而逝，把大片的蓝色用嘶鸣的方式赢得远远近近的回响。

一个部落的目光最有分量的部分，都聚集在蓝马的腰臀，因此它的细腰深深凹陷，而肥臀却傲然凸起；还有它的双耳尖立，耳孔朝着迎风的地方摆动，仿佛耸峙的山峰，摩擦着宁静的天空；只有巨大的蹄子稳稳钉在大地上，在没有奔跑，在没有形成风暴之前，四柱雕塑般的肢体，以树的笔直与沉默，构成速度爆发的前提。

蓝马，红色的响鼻不绝于耳。

白马少年

这是一处巨大的凹陷之地，大到你不注意，便很难发现它对你的视野的一种欺骗。这是距和布克赛尔小城五六公里的一个夏牧场。那些草，你可以想象它们青葱时的姣好，但才值盛夏，就有些黄了，一副陈旧的模样，草也高低不一，随意蔓延，从四周的高地向下看：一个巨大的腋窝。

赛马就是在这个“大腋窝”里开始的。你无法相信在一个阔大的背景下，哪怕是相对而小的东西的快捷移动，也显得那么漫不经心。几十匹马拉成了一条断断续续的长线，环绕着群山围成的巨大凹陷的底部游动，往往一下很难分清头尾。这和你通常在影视作品中看到的赛马激烈场面大为不同,至少没有首尾相衔,蹄声撼地,鬣鬃拍打风的面颊的激动人心。五十公里,在马赛中也属马拉松之战了。因此,那些已经跑了两圈或者更多几圈的马,便显得有些怠倦,慌乱的小碎步,更像受伤的军人,为争取不掉队而做最大的努力。

在运动中,你是一个喜欢短跑的人,这种运动充满爆发力和速度感,是对一切静止的挑战。你不喜欢长跑,那是耐力和精神的较量,时间对肉体的折磨于你,除了无比崇敬,而没有别的。看这种赛马,是一个漫长的过程,有些过程,可以打消一个人对事物的正确判断。你忽然明白了美国人不喜欢足球, 而独钟爱篮球的缘故,足球的过程是对人精神研磨的过程,球在所有人的脚下传来传去,偌大的球门像冷笑的大嘴,球就是不进,什么时候你倦怠了,什么时候你忍耐得已经愤怒难抑了,往往才有结果,而结果的差异又是那么微乎其微。篮球就不同了,每一秒钟都可能产生奇迹,它对人的刺激是一次比一次更为直接,让你的精神不会有丝毫松懈,在紧张中达到松弛和休息,该是欣赏运动的最高形式。

因此,你决意省却这个折磨人的过程,而静候结果的到来。

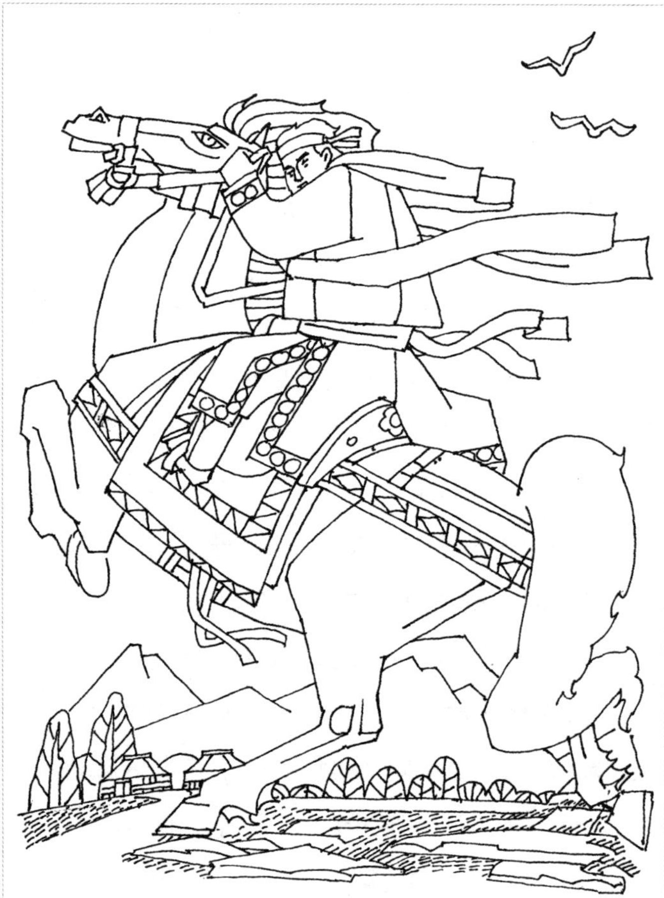

这时你才发现天暗了下来，抬眼，无比蓬松状如棉堆的云，越垒越厚实，白的部分像被谁弄脏了，黑乎乎的，还有被风撕开的一缕一缕毛边。和布克赛尔这个地方的另一叫法是和丰，因此也被人戏称为“喝风”，所言是这里终年不断的风。而这时太阳像个职业登山家，终于在九死一生之后，攀上了云的顶峰，它累得满面通红，你甚至可以听到它大口大口的喘气声，热汗淋漓……的确，几滴亮晶晶大而圆的水珠落在你光洁的额头，一片清脆之声，让人疑是银币自天而降。下雨了，干旱的草地顿时腾起一片热烘烘的黄色烟尘。你迅速钻进了汽车，车玻璃已模糊一片。你庆幸自己的应变迅速，而所有引颈作壁上观的当地人，几乎没有一个动一动，他们被马吸引着，又被雨抽打着，太阳几乎在攀上云端的那一刻，又被雪崩似的云块埋葬了。透过云的缝隙，它的不甘心的呐喊，直劈到地下，像是为赛马者专门所设的追光灯一般，几匹马都成了黄金所铸的高贵颜色。

汽车在向县城逃窜，什么赛马，什么当地人，统统都被抛在了身后，马快能比汽车吗？这是你在日本产汽车里冒出的一个愚蠢的念头，但这时雨猛地停住了，干干净净，甚至没有残留的雨丝紧随其后再若有若无地飘下——你怀疑是谁关了水龙头一样控制了降雨，或者这场雨是专门赶你走的，等你离开了，它就马上打住。

晚饭后照例在和布克赛尔的小街上溜达一番。雨是个很奇怪的东西，经过它的洗涤，哪怕是短暂的时间，万物都显出灵性来，都有了光彩，脚下的卵石，冲洗去了尘泥，一颗一颗的秃头，文着形态各异的图案，也有几分神秘……忽然，身后传来纷沓的蹄声——那是马的铁掌和卵石碰撞发出的特有的铿然，一群人大声的喧嚷和着马的嘶鸣迅速逼近，你以及行人纷纷规避，立于路边。这是一支小规模的马队，确切地说是十几个骑马的壮汉和老人簇拥着一个白马黄衣的少年，那少年揽辔蹬鞍，腰背挺拔，动作舒展而灵活，这容易让你想到曹植笔下“连翩西北驰”的游侠儿。

路人指点着告诉你，这是今天赛马的冠军。果然，那白马少年的身后，是一峰硕大的白驼，饱满的驼峰在奔跑中左右颤晃，它的恐龙一般的长脖子上缠绕着红绸，在小小的脑袋上扎着一大朵红绸的英雄花，这是胜利的标志，但有些滑稽和不可思议。路人又告诉你，这个小骑手只有13岁。远距离赛马，马是不堪重负的，得胜者往往是身轻如燕而骑术非凡的少年郎。又说，小骑手拔了头筹以后，许多相识和不相识的人都包围了他。有的掏出50元，有的摸出百元大钞，花花绿绿钞票塞了他一怀。在这里，少年的胜利，是所有人的胜利，少年的光荣，是所有人的光荣。

在这里你感到了当地人对荣誉的态度，对荣誉的神圣！这些自愿的追随者，哪个都可以是少年的长者，可他们宁愿左右相伴，簇拥着他，环绕着他，他们要带着他们的荣耀和白驼，绕城一周，宣告也好，分享也好，这种得胜已经超出了一般意义上的竞技比赛，而实际是宣泄了一种久违而难言的情感。

白马修长的腿极富韵律感，浑圆的臂部块状地起伏，你想起周涛在写《巩乃斯的马》时说："马作为茫茫天地之间的尤物，便呈现了它的全部魅力……"那么，此刻，白马之上的少年，又呈现了什么呢？在愈来愈远的马队中，衣袂飘飘，曲鬈的额发在落日下一闪一跳的少年，能够回答你么？

那人·那乡·那狗

美丽峰动人的传说和过量的奶酒，很容易就让那帮舞文弄墨的家伙进入状态。进入状态的这帮人，个个都表现出对图瓦人的无比热爱，对禾木河乡的深深眷恋，这种夸张的热情使所有人都以为在这里想干什么都可以，干什么都会被人理解。

有人提出找一家图瓦人去喝奶茶。夜色很容易混淆环境造成的陌生，况且夜空深处几颗又大又亮的星星所构成的图案，又是那样的似曾相识，好像我们并没有身处异地。

一群人歪歪斜斜地往前走，一群人深一脚浅一脚地

只管往前走，他们好像都确信前方亮灯的木屋里，喷香的奶茶在等着他们。就在这时，那匹黑狗又出现了，之所以是又，是因为下午在禾木河谷里拍摄时，禾木河乡所有的狗都在远处吠叫或观望，只有这匹黑狗与我们混在一起，它表情随和，目光温驯，凑近每个人，嗅着他们的气息，像是确认又像是记牢每个人。我们不知道它是否为禾木河乡狗的代表，它以这种独特的方式接近我们，让我们对禾木乡从狗开始备感亲近。

陪同的康老师讲了个笑话，在禾木河乡如果遇到狗的围攻，你只要佯装酒喝多了将身子胡乱晃那么几下，狗就会立即停止进攻。摇晃着身形走路，是禾木河乡的一种标志性步态，狗都能看懂，从这些步态中，狗几乎不加辨别就能断定是否是自己人。

现在黑狗只管随着我们朝前走。壮着酒胆，我拍一拍黑狗的脑袋，那意思是说，哥们，你是我们一伙的，黑狗好像完全领会似的摇了摇沉甸甸的尾巴，两只眼睛很亮地看着我。一直觉得带一条狗走路——这狗不能是宠物样的小狗，一定得是条有模有样的大狗——会十分有威仪，狗仗着人势，人仗着狗威，才会走出一路的风。

到了亮灯的木屋前，我又拍了拍黑狗的脑门，示意它只能至此，那一刻我感到它的脑袋上密实而柔软的皮毛在手心痒痒地缩紧了一下，又放松了。黑狗果然卧下来，看着我们呼喝着进了木屋。

时间只对两种人没什么意义。一种天生的白痴，再一种是酒醉暂时白痴的人。在狂乱与亢奋中，时间很快就到了夜半，我们又一路呼喝着返回乡政府的驻地，黑狗一直默默地尾随着我们，好像是我们中孤独的一员。

虽然夜已深我却似乎没有多少睡意。关于图瓦人，关于禾木河乡的一幕幕又在眼前走过。很容易就能想到图瓦人的木屋在阳光下的状态，那些木屋有着阳光的颜色和阳光的气味，鲜亮而饱满，简直就是以阳光为建材的阳光屋。而月光浸泡下的村庄，则是呈现另一番情致，那些环绕村舍的原始森林，黑黢黢，仿佛是坚实的堤坝，蓄满了一村粼粼的月光，但现在是无月的夜晚，想象不出所有的一切：木屋、牛、森林、狗以及河水在黑暗中的样子，但我觉得会更真实，就像夜晚卸了妆的女人。

一声狗叫，由近及远，响成一片，仿佛是狗吠的烽燧，次第向天边传递。在狗的叫声中，我感到了一种深刻的宁静。

在我意识到天亮时，天早已大亮。忙起身，去村子的对面山上拍禾木河的全景。推开门，我愣住了，那只黑狗趴卧在我的房前，漆黑得没有一丝杂色的皮毛上，镀了一层亮闪闪的霜露。天哪，它竟为我守候了一夜！我并没有为它干什么，甚至没有喂它一块吃剩的羊骨头，充其量只是拍了拍它的脑门，除此还有什么呢？

黑狗见我后撒欢地跑前跑后，它一定把我当成了它的主人，而我何曾把它当成我的朋友？伸手拍一拍它的脑门，冰冷而潮湿，仿佛它换了一个脑门。

晨光中，一个人和一条狗的画面，被金色阳光描绘成一竖一横的错影，贴在禾木河畔的草地上。多少年后，草已几度枯荣，日月也几度轮回，那一竖一横的错影，却日渐清晰。

野马之殒

一

已经没有多少人知道离伊塞克湖不远的那座小城曾经被称为卡拉科尔城,许多年来人们只知道它叫普尔热瓦利斯克。

对于醉心于探险、科学考察的每一个人来说,伊塞克湖滨陡峭的崖岸边,那块突兀的山岩状的纪念碑,是心系已久而又不敢小觑的。那是一只用青铜铸成的,嘴衔橄榄枝,爪踩亚洲地图,目光阴鸷的鹰鹫,它耸立于岩顶，山岩中间镶着一枚放大了的皇家科学院铸造的青铜奖章，在支撑奖章的岩座上镌刻着奖章背面的题词："奖给亚洲中部大自然的第一位考察家"。

荣膺这枚巨大勋章的人叫尼古拉·米哈依洛维奇·普尔热瓦尔斯基。一百多年过去了，普尔热瓦尔斯基的名字并没有因为被镌在青铜纪念碑上而家喻户晓、妇孺皆知。随着时间的溶蚀，他的名字已渐渐被斑斑铜绿所漫漶，只有为纪念他并以他的名字命名的那座小城，那个在他49岁准备第五次亚洲中部考察而突然令其暴病殒命的出发地，人们还在有意无意地提及他。正像那块大地上曾经的列宁格勒、斯大林格勒等具有纪念意义的城市，人们在说出列宁或斯大林时，已经没有多少特殊的含义，原先随着这些名字而来的崇敬和神秘，也在这些名字的不断使用和随意抛洒中，渐渐变得麻木，失去了灵光，最后它也不过是一个代号，一个地方的称谓。而只有当人们提及蒙古野马时就必然会想到普尔热瓦尔斯基，因为那是用他的名字命名的，人称普氏野马。

这世界上的许多事，本来就充满了荒诞和霸道。

我们知道的世界最高峰是珠穆朗玛峰。藏语中的"珠穆"一词，就是女神之意。在佛经里面，珠穆朗玛峰也被说成女神，她叫米约洛桑玛，她在女神中排第三位，因此，藏族人又称珠穆朗玛为“第三女神”。早在清朝康熙五十六年(公元1717年)，清朝政府便使用了“珠穆朗玛”这个名称，到了公元1719年，清朝政府在编制《皇舆全览图》地图时，珠穆朗玛峰就被精确地标出了位置，当时称之为“珠穆朗玛阿林”。“阿林”的意思为山峰。而1847年，英国人埃佛勒斯特测量出珠穆朗玛峰的海拔高度约为8778米，珠穆朗玛峰后被确认为世界最高峰。

同样的道理，帕米尔高原上的盘羊，当地塔吉克人称大头羊。700年前，意大利人马可·波罗途经帕米尔高原时，看到了这种体大如驴，肩高1.2米左右，体重达200公斤，头顶着一对巨大而粗壮的犄角长近2米左右并几乎旋转了两圈的动物时，惊叹不已，当他把盘羊介绍到欧洲时，立即轰动了欧洲动物界，它也就被命名为“马可·波罗盘羊”。

蒙古野马，蒙古族人称“杰尔利克阿杜”。1870年，普氏进行了他第一次的中国西部探险，历时3年。第一次亚洲中部探险，他就获得巨大的成功，俄国各报刊对他的评价是“当代最杰出、最勇敢的考察家”。他陪同沙俄皇家的成员参观了他的全部收集品，品种之多竟连他自己都暗暗吃惊：上千只鸟、上百张兽皮、几十种哺乳动物、几百种植物。标本数量大且系统性强。俄皇在参观完所有的展品后，赐他一枚利奥波尔十字勋章，而皇家地理学会亦授予他一枚康斯坦丁诺夫奖章。

之后，普氏又三次踏上中国西部的大地。那个时代有一句探险名言："来了，看见了，就征服了！"正是因了这句名言的激励与作祟，普氏的探险事业走到了巅峰。1878年，普尔热瓦尔斯基在新疆的乌伦古河流域发现并捕捉到了野马。当他把一张野马皮带到欧洲时，立刻引起了前所未有的轰动，而自然，蒙古野马被冠以"普氏野马"之名。

野马的发现，意义非同一般。因为很多学者认为，真正的野生马已经绝种。在南美、北美以及其他大陆也曾风传有野马，但那些马都曾经过人工饲养，后来又重新变成了野生马。在8000多年前，北美有许多的野马(真正的野生马，在广义上说，是现代马的祖先)，已发现大量化石。有人说这种野马一直活到3000年前。美洲野马就像美国西部大开发的电影中经常出现的拼命奔跑的野马那样，奔驰于北美草原，然而它却在某一天完全绝种了。人类进入北美和美洲野马绝种几乎在同一时期，印第安人一直大量捕杀野马，大概是他们的祖先杀死了最后一匹野马。

欧洲最后的野马——欧洲野马，是在一百年前绝种的;俄罗斯乌拉尔平原上最后的野马,也绝种于大约一百年前,那么这个世界上从未被驯服过,未经人工饲养的野生马,只有蒙古野马一种。

野马,无疑成了一种珍贵的稀有动物。野马与家马在基因、血统、解剖生物学上差异都很大,是唯一保留6000万年基因的珍稀物种,被誉为"活着的基因库"。

普氏野马的发现,吸引了大批冒险家到东方寻找野马。北欧人格利格尔在新疆准噶尔盆地东缘捕获了50余匹野马,历经万难艰险,运回欧洲,长途跋涉和恶劣的条件,等野马送回欧洲时,仅存活20余匹。这些野马,就是现今准噶尔野马的先祖。也是在那之后,准噶尔盆地的蒙古野马渐渐消逝了, 最后一匹也像余烬中的一粒星火,不知熄灭于哪一个寒夜。

第二次世界大战结束后,苏联等国的探险队和生物调查队接踵进入蒙古。人们传说中的蒙古野马还存在,但在1947年的调查中,并未取得证实。只是在1955年,蒙古的两位动物学者策伯格米德和道尔吉报告说,他们看到了一匹雌蒙古野马。世界动物学家都表示担心,如果世界"最后的"真正野生马绝种了,那么……

人类灭绝一个物种是多么容易! 不管是那些凶猛的长着獠牙巨蹄的猛兽,还是那些温顺的,诸如羊呀牛呀之类的牲畜,都不是人的对手。在体力上绝对不占优势的人仅仅凭着肩膀上的那颗脑袋，就成了万物的灵长。这个直立行走的灵长类,以为完全掌控着这个世界的生杀大权,何曾想到过这个星球上的所有物种与自己有着千丝万缕的联系,人类的繁盛从来不需要以某种物种的兴衰为参照。没有野马怎么样?我们的力量,我们的速度,都可以不用野马来体现。难道离开了野马奔跳的雄姿和矫健的身影,我们就丧失了艺术的灵感?我们难道真的需要野马吗?在蒙古高原,在准噶尔盆地,没有野马嘶鸣的日子,谁能说是寂寥的日子?我们完全进化的外表和完全文明的举止带给我们的羸弱与不堪,难道要靠野马的野性点燃吗?

二

人类的先祖是靠茹毛饮血走过蒙昧期的,人类的成长壮大是建立在其他物种的血肉之上。我们不能为此过分指责我们的先祖,毕竟没有他们哪有我们。人类吃掉了那么多的野兽却把被吃掉的称之为野兽。而凡是被称之为野兽的,我们都有权力消灭它,这似乎已成了人类千百年来共同遵守的法则。

据专家考证，七八千年前的新石器时代，古人类便已经驯养狗和猪，即"拘兽以为畜"。人类雄霸世界的野心，大概是被驯养的第一条狗开启的。想一想，我们驯服了牛替我们耕田，驯服了马替我们奔跑，驯服了鹰替我们打猎，驯服了狗替我们看门，驯服了鸡替我们生蛋，驯服了猪和羊以献上它们的肉和皮毛，驯服了大象和狮子为我们表演，我们甚至驯服了小小的蜜蜂，去花蕊中替我们采撷甜蜜。万物为我所用，万物皆我所用，人类建起了自己的村镇城郭，开辟了田亩，驱赶着畜群，还有什么能够阻挡我们雄霸世界呢？还有什么不能被我们征服？

改变一个物种的习性，让它按照人的想法去生长，人类已经把这种做法提升到科学的高度。许多事一旦与科学有了瓜葛，那我们就无话可说了。

1890年，德国大商号的马戏团中，出现了前所未有的新演员，吸引人们争相目睹，它就是1876年被普尔热瓦尔斯基发现并介绍给欧洲的蒙古野马。被北欧人格利格尔运到欧洲去的那20余匹野马，后来主要分布在欧洲的德国、英国、荷兰等国。

20世纪80年代，我们突然想起了什么，突然意识到1.8万平方公里的卡拉麦里自然保护区里没有野马的奔驰是怎样的遗憾，而这里原本就是野马的故乡。1985年至1988年，中国以阿尔金山藏野驴换野马的方式，与世界自然基金会（WWF）、英国乌邦寺动物园等组织合作，从美国、英国、德国等运回A谱系纯野马18匹，并在卡拉麦里自然保护区建起新疆野马繁殖中心。这18匹重返故里的野马正是100年前从准噶尔盆地抓获的蒙古野马的八、九代后裔。

是科学让野马重返故地，还是野马重返故地是科学？

位于准噶尔盆地东缘的卡拉麦里自然保护区，为戈壁、荒漠和半固定沙漠地区。这里干旱少雨，气候恶劣，然而却有着丰富的野生动物的资源，是我国乃至世界范围内荒漠动物区系典型代表。这个保护区内还有世界罕见的古生物化石群——硅化木群和恐龙化石，雅丹地貌奇观魔鬼城和海洋沉积地貌“五彩城”。这些壮丽的地质奇观，都表明了一亿年前当这里还是大海时的波澜壮阔，汇集着众多生命的奇观。你可以想象，野马在这样的地貌背景的衬托下，鬣鬃飞扬、快速奔跑，该是怎样一幅动人的图景？

一百年前，当准噶尔野马舟车劳顿、漂洋过海、远去他乡的时候，何曾想到有一天还要回来？我想，那时它们也一定蒙受了巨大的打击,去适应一个新地方——不管这个地方多么优秀，它都没有出生地和老家让马儿留恋。欧洲满眼的绿色让野马不知所措,潮润的空气、绵柔的风,使野马一下子温顺了许多,那个被半干旱、半荒漠地区的针茅和野蒿养大的胃,无论如何也难适应多汁的牧草和精美的饲料。多少个黄昏,面对辉煌的落日,野马翕动着鼻孔，它仿佛嗅到了准噶尔干爽的空气，戈壁劲风又在掀动它们的鬣鬃……忍不住仰天长嘶……

然而,毕竟一百年过去了。在这样的一个时间长度里改变的肯定不止一件事,野马岂能例外?

准噶尔一号野马是新疆野马中心成立以来繁殖的第一匹野马。1988年3月8号,由英国父本和德国母本交配产下的准噶尔一号野马降生在它们先祖的土地上,而听起来却像是一次跨国婚姻的产物,人们给它取了个昵称——红花,取披红挂花、喜庆成功之意。

此刻,已经在卡拉麦里生活了二十年的准噶尔一号正在进行它的第6次生产,此前5次它都用了40分钟左右自然分娩出健壮的小驹。而这次却遇到了难产,当值班兽医发现情况异常时，它的直肠和部分小肠已脱出体外,血淋淋的,仿佛一匹从染缸里捞出来的红绸。

老兽医决断：母马是肯定没救了，只有抓住它，把它腹中的胎儿抢救下来。

但抓住一匹正在分娩而又对人类极其敏感的母马谈何容易，所有的母亲在分娩时表现出的对其他物种的不信任和敌视，是出自对未来生命的本能保护，但这些却害了准噶尔一号。

在围栏里，由于几次抓捕的失败，准噶尔一号已经完全受惊，它两耳向后紧靠，左蹿右跳，已经彻底不认识昔日喂养它的工作人员。而更糟的是奔逃中在身后甩出去的肠子突然缠住了后腿，惯性中它用力一蹬，肠子断了……

疼痛和精疲力竭让野马的野性之焰渐渐熄灭，抓捕的人一拥而上，把准噶尔一号放倒，新疆农业大学的阿教授把手伸进腹腔检查胎儿情况，确认小马驹已因窒息而死亡。

这意味着同一天，卡拉麦里要丧失两匹野马。“瞳孔放大、眼底充血，已经不行了。把蹄子上绑着的绳子解开吧，让它最后舒适点。”阿教授低沉地说道。

我们目睹过无数的死亡，但从来没有像今天这样让我们感到震惊，我们只知道人类的坚韧，何曾知道野马的坚韧，我们以生命的顽强为参照，但从来没有想到野马。

没有绳子的绑缚，准噶尔一号的腿微微地抽搐了一下。出乎意料的是它一翻身，四蹄紧扣住地，竟晃晃悠悠地站了起来。马只有在站立的时候才有马的样子，马的精神、马的气概，只有四柱蹄腿的撑立之下才能完全呈现出来。准噶尔一号体态高壮健硕、野性十足，被公认为野马中心最完美的一匹母马。而此刻它却举步维艰，步履踉跄，也许是瞳孔散大，看不清东西，它只能靠鼻子寻找它的家族气息，一步步向它们靠近，它嘶鸣着，像是诀别。

准噶尔一号去年生下来的小马驹，显然并不知晓事情的严重性，它看到了母亲的身影，立刻撒欢地跑过来，在母亲的身边环绕着，还用稚嫩的小嘴吮吸着母亲滴血的乳头，那一刻准噶尔一号停止了走动，回过头来嗅着小马驹，静静地让小马驹最后一次吃奶。

阿教授分析认为，准噶尔一号发生难产事故与长期圈养、活动场地相对狭小、饲草单一有直接关系。

准噶尔一号虽然出生于故土，却从未在卡拉麦里的荒野上自由自在地奔跑过。研究者指出，长期圈养的野马，腿的管围变粗，骨头变重，体态臃肿、过于肥胖，奔跑速度、方向辨别力以及野外生活生存的能力都大大下降。

最有效的方法只能有一种，那就是将野马放归荒野。

准噶尔一号终于倒下了。它轰然倒地的声响很沉闷，仿佛谁推倒了一堵墙。天下起了雨，是准噶尔盆地难遇的一场春雨。这一天5月14日，是人类的母亲节。

三

马是多么完美的一种动物。你看它的四肢修长，腿骨健劲，肌肉结实，浑圆的臀部，下凹的腰身，再配以飞扬的长鬃，它才是魔鬼的身材。而脊梁骨水平方向横贯严整的身体，这和发达的腿骨结合起来，即使长时间奔跑也不会疲倦。这是骨头和肌肉组合起来的奔跑机器。千百年来，这代表着力量和速度的尤物让我们着迷，在我们对风、闪电还有时间这类与奔跑和速度一致的东西的判断中，屡屡失误。

而马天生就是为奔跑而出生的。从动物学的角度来看，马对草的消化能力不如牛或骆驼。因此，马必须大量进食，大口大口地吃进硬而且长的草是至关重要的，为了寻找获取茂盛的嫩草，马必须依靠强健的四蹄在辽阔的草原上不停奔跑，奔跑是马的宿命。

在荒凉的满是砾石的草地上奔驰，马蹄起到鞋子的作用，为了拥有这样能起到保护作用而又具有敏锐的触觉的鞋子，马亦经历了长达千年的进化过程。五千二百万年前，马的前足有四趾，后足有三趾，三千六百万年前，马的前足和后足都长有三趾。

当马趾变成马蹄的时候，马才从众多的动物中脱颖而出，最终成为人对速度追求的可能。在凸凹不平的大地和起起伏伏的时间中，奔跑如飞的马奔跑于自己的影子里。

但是，马几乎参与了人类对所有欲求的追问过程。人类对马驯养也由来已久，人类在获得熟练的驾驭马匹的本领之后不久，就发觉很有必要制定出规则，用来甄别好与坏的骑术。围绕着对马儿驾驭能力高低的争论，就诞生了赛马。在世界的许多地方，赛马和打猎、斗牛一样，具有高度专业的术语和专门的规则。但是它不同于打猎和斗牛的是，其目的不是使动物死亡，而是对生物终极光荣的一种赞美。

在欧洲，为数不少的人认为骑术不是一门科学，而是一门永无止境的艺术，这门特殊的艺术对于实践者要求甚高，骑手被称为骑师，他必须拥有外交官、运动员、将军、杂技师、数学家、医生和心理学家所具备的素质。

他的修养、他的举手投足、与马匹交流时的文明程度，都成了判断其是否优秀的标准。其实，这是两种生物之间的斗争，其目的不是为了获胜，而是达到两者间和平的理解。可以说，马与人同时进入了一种境界，马的理性愈来愈强，而人的耐性也到了空前的水平。

马住进了人为它准备的舒适的厩舍，吃着精美的饲料，喝着干净的水。马像绅士一样地受人尊敬。

1776年瓦特制造的第一台有实用价值的蒸汽机问世，但其力量功率还是用马来换算的。这标志着人类与动物特别是马之间的关系跨入到了一个新阶段。马不仅从黑暗的矿井被替换了出来，还从耕田的皮鞭和邮车的重轭下解放出来。

1754年出生在都柏林的理查·马丁，他对动物的苦难感受至深，以至于他的朋友乔治四世昵称他“人情味的马丁”。他满怀普度众生的热情投身保护动物的事业，在他的不懈努力下，第一例“反对虐待动物的保护性法令”于1822年通过；1845年法国的一群社会名流也成立了动物保护协会，成员中的警察总长德赛特将军制定出了“严禁车夫鞭打马匹”的法令。

看来，动物的权利终于得到了尊重，至少在理论上如此。

人们看到的马，被打扮得华美而典雅。在各种赛马的场合，一匹俊朗而英姿勃发的马，比它背上的骑士，更受到人们的热爱甚至崇拜。

在以动物为表演主体的活动中，马是当之无愧的明星，因此，几百年来，这类表演一直被冠以马戏的称呼。

马似乎成了人与其他动物之间的桥梁，马的体貌、马的品格被赋予了新的意义。马是被人性化的动物，也是被神性化的东西。马的善解人意、通情达理、忠诚秉直、刚烈骁勇使它脱离了一般意义上的动物，而完成了灵性一族的辉煌一跃。马的坚韧、力量、速度和机敏警觉又使马超越了人类，在一个不可企及的系统外，供我悬想。

千百年来，马就这样被我们定义来、定义去。已经拥有了一切社会进步意义的马，已经同人类保持一致的马，让它再退回到初始的起点，让它渐渐熄灭的野性之火重新燃烧起来，让它成为一匹真正的不是我们概念中的马，肯定不会是一件轻而易举的事。

在野马从欧洲返回故乡的十四年之后，它们中的26匹正式被放归荒野。

当人们看到鸟在笼子里啼叫不止，上下腾跃的时候，多少人首先想到的是蓝天，进而有一种强烈的打开鸟笼，放鸟归天的欲望。而殊不知，你所说的那个蓝天，也许并不是鸟所知道的蓝天，在你看来的囚笼，也许是最佳的庇护所。有多少鸟飞出了笼子而死于非命，有多少鸟离开了笼子又返回笼子，从此不愿更不敢抛弃这个衣食无忧的温柔乡。

野马又何尝不是这样？当围栏的大门为它们敞开之后，野马们并没有欢呼雀跃，它们在走出还是留在围栏的问题上犹豫了很久，试探性地迈出几步，又重返围栏内，在饲养人员的驱赶下，它们才被迫踏上荒原。

在荒原上，它们首先要解决生存问题。野马的摄食范围较广泛，它们吃禾本科、豆科、菊科、藜科等植物，在卡拉麦里更多的是芦苇、芨芨、蒿子、梭梭等，关键是它们已数年享用人类为它们提供的精美饲料，牙齿几乎不用什么劲，就可以粉碎那些食物，而如今能够果腹的东西，活生生地遍布四野，只是需要耐心地寻找，还要让牙齿更坚硬更锋利，才能不至毙命荒野。

接下来要寻找水源，卡拉麦里的野生动物，都具有从干燥的空气中捕捉哪怕一丝潮润气息的特殊本领，哪里有泉水，哪里有溪流，即便在上百公里之外，也能准确找到。野马在这方面的能力虽然已退化不少，但还没有完全丧失，一次戈壁豪雨制造的一条小水沟，让它们活过了放野的第一个月。

但围栏对它们仍是至关重要的。平旷的荒野上，远远望见围栏的圆木构成的简单图形，它们的心里会安稳许多，从某种意义上说，围栏圈起的那一小块地方，才是真正的故乡。夜晚它们会不由自主地走向围栏，每遇来自外界的威胁，它们也会躲避于围栏，围栏于它们是一种对人类的依恋，还是人类在它们的思维程序里预设的安全保障？

当梭梭的枝条变成冰雪的白色时，说明卡拉麦里的秋天已来临。哈萨克牧人的马群结束了夏牧场的浪漫和闲适，从山上呼啸而下，它们将途经卡拉麦里去往畜牧定居点，度过漫长而寒冷的冬天。

与野马相比，这些家马更像野马。北塔山夏牧场的阳光与牧草，让它们一个个出落得神气活现，细腰肥臀，毛色光滑，漂亮的长鬃从颈项披散下来，就像纽约街头的披头士。

而野马的样子多少显得不够生动，它们身体短粗，头大颈短，毛色单一，没有飘逸的长鬃毛，只有颈部燕翅一样的几道黑纹，像是它们家族遗传下来的胎痣。如此看来，野马更像一个干体力活儿出身的村姑。

此刻，公家马中的一匹黑马，看中了野马中最漂亮的母马银火。银火此刻的毛色呈沙漠一样的棕白，显得单纯朴实，很有小家碧玉的味道，那匹黑马在围栏边的样子，很像一个斜倚在栅栏上，晃着长腿，盯好了勾引目标，打着口哨的坏小子。

公野马追风，是这群野马中的首领。除了拥有众多妻妾外，它还是精心的组织者和强有力的保护者，整个野马的家族靠它维系着，此刻，追风遇上了挑战，这不仅关乎家族的声望，也直接扫了它的面子。

追风毫不犹豫地冲了上去，在与那个情敌的厮打中，追风不仅利用了有力的踢踹，还伴随着疯狂的啃咬，显然这是黑马所没有料及的。就是在打斗的呼喝中，它们也有着极大的不同，黑马发出的是亢奋的嘶鸣，而追风则是尖厉的仿若犬类的吠声，黑马稍遁，又折回，它真想弄明白，马的群落中，怎么会有这样的异类？追风已让所有的野马退回到围栏内，它把守在门口，威风凛凛的样子，极似一夫当关的大将军。黑马只能无奈地晃动着漂亮的长发，发出一声高似一声的嘶鸣，它的求爱的现代语言，银火肯定是听不懂的。

卡拉麦里的雪今年来得格外早，而且不似往年，下了几场小雪之后，再中雪，最后大雪，而现在整个顺序颠倒了过来，一上来就来它个雪厚三尺，白茫茫的大地真干净。老天没有为野马考虑,或者是有意为之,看看放野的第一个冬天,野马将如何挨过。

编号为147的小马曦,是今年春上才出生的小马驹。人们给它起了个很有象征意义的名字,曦,就是暗含了它像出生的朝阳,或者喷薄的日出,是希望也是青春。

此际,大雪封地,野马只能用前蹄刨开积雪觅食,以枯草及苔藓地衣充饥,并嚼雪解渴。像曦这样的未满周岁的小马驹,在冬天的雪地里觅到吃食,的确不是件容易的事。它的前蹄没有足够的力量刨开积雪,而冷硬的枯草,又让它尚未坚硬如铁的门齿备受折磨。

曦只能环绕在母亲左右,母亲在寒冷中充满暖意的乳头,是它的唯一。而母亲的负担却在加重,作为一匹母马,它有义务、有责任在任何情况下让它的孩子衣食无虞。但是在雪天雪地的荒原上,这样就意味着要双重的付出:体力和生命。

终于有一天,在回到围栏的马群中,工作人员没有见到曦和它的母亲。

他们开始在向北的方向寻找——因为西北风的缘故,顺风走的马容易找到暖和的地方,在距围栏北15公里的地方,人们找到了曦的母亲。那是怎样一个惊心动魄的场景:雪地上到处是野马如弯月一般的蹄印和狼的乱如星斗的足迹，几块被撕烂的野马的毛皮，一堆挂着血丝的骨架。

显然这里有过一场激烈的搏斗。野马的骁勇善斗是出了名的，就是雪豹也惧它三分。曾经有过野马一蹄击碎豺狗头颅令其毙命的辉煌战绩，而现在的情形，显然是野马在体力严重透支的情况下受到了群狼流氓无赖式的进攻，单打独斗不敌群狼的合围，最终的结局是必然的。

在曦的母亲受害处不远，人们果然也发现了一匹被击断了下巴骨而毙命的狼。

也是在附近的雪窝里，人们找到了曦，它还没有死，奄奄一息的曦，显得无限的悲怆。像马这样的大型动物，一旦非自愿地倒下了，是谁也救不活的。曦的眼睛，在密密匝匝长睫毛的掩映下，像四周长满了芦苇的海子，有一层薄雾，有一层忧郁。望着雪后湛蓝的天空，曦的瞳孔虹膜上，映上了阳光的彩釉，但是曦永远熄灭了。

四

追风是这群放野的野马中公认的头领。它体态健硕，孔武有力，野性十足。为了得到现在的地位，它曾力挫群雄，击败了所有想和它争夺王位的对手。作为王者，它不仅拥有绝对的话语权，而且所有的母马都是它的妻妾。

追风是这个部落的酋长，维持现有的秩序和葆有这个部落的活力，是它的责任和义务。

现在是一月，离新疆的春天还有相当长的一段时间，但潜在的危险已如雪被覆盖下的麦苗，蠢蠢欲动。这危险来自两个方面：其一是小公马在这个阶段进入性成熟期，没准就爱上了姑姑、婶婶之类的长辈，按族规，酋长必须将其逐出群外；其二，其他公马这时可以公开向首领叫板，每年这个特定的季节，首领的权力将受到严峻的考验，凭什么你拥有至高无上的权力？凭什么天下的美色尽你所有？平日里被强迫压制下去的反叛之心，这时暴露无遗。

这是荒原的法则，也是野马的法则。这时候体力和搏杀的力量显得尤为重要，有没有计谋，有没有头脑都不是制胜的法宝。公马们早已迫不及待，在冻得僵硬的土地上，蹄子刨出四溅的星火。

首领追风则显得不急不躁。它的不急不躁并非更有修养，更有城府。谁都看出来了，一个冬天的操劳，追风已显得疲惫不堪，进食量远不如从前，特别是脊背上的冻疮，已使它光滑的皮毛像用了多年的烂毡子，一块块脱落。

但追风的目光依然很威严，近来还有些阴鸷，它喷打出来的响鼻还是那样干脆具有威慑力，它的蹄步从不慌乱，尽管踏地的力度有所减轻，甚至个别时候稍显浮虚，但作为王者气度和风范的体现者，追风一点都不丢分。特别是怀了孩子的母马银火陪伴它左右，追风的样子还是颇有感觉的。

问题是，你的架子端得再好，也难免露怯，况且早已按捺不住性子的公马们，已从追风的种种迹象中，推断出它的外强中干的实质。

三岁公马烈焰，是一个极不安分的家伙，它的面颊上布满了大大小小的疤痕——那是历年来争强好胜留下来的纪念，它的那张脸，丑陋而特别，就像江湖上盛传的脸上有刀疤的刀客，身上总有不少的故事与传奇，还有些令人生畏的邪性。

那一天的太阳真好，雪都开始发糯，杂乱的马蹄仿佛是皇家的玉玺，在柔如印泥的雪地拓出一派改朝换代的新气象。

那太阳只一下就点燃了烈焰。烈焰没按规矩先向追风叫阵搦战，闷着头挟着一股劲风就冲向追风，只一膀子就撞得追风一个趔趄。回过头来，烈焰没有一刻停留，烈焰成了真正的烈焰，它把追风包裹在它的燃烧中，而荒原上浩荡的风，只能使火愈燃愈烈。

追风没有变成灰烬，但追风已被彻底击溃，颈项上直立的短鬃倒伏了，仿佛被践踏的一块草皮，它目光黯然，步伐混乱，王者的心性已荡然无存。它被烈焰逐出了马群，追风独自走向围栏踽踽的背影让正午的阳光不再耀眼。

风中传来了烈焰的嘶鸣，宣告着一个时代的终结，另一个时代的开始。

母马银火和所有的母马以及它们的马驹，都成了烈焰的子民，烈焰现在看母马们的眼神，似乎没有了邪性，更多的是倨傲和挑剔，对银火则尽量表现出大度宽容，好像故意让追风知道，你所宠幸的在我看来简直不值一提。

马不知脸长，这是用马来形容那些厚颜无耻之徒的嘴脸。但马的脸的确很长，这对马来说是十分重要的。马的眼睛在头的上部，分布在头的两侧，当它的长脸伸进茂密的草丛去吃草，照样可以环顾周围，而它的耳朵长在眼睛旁边，向上竖立，加上这种配置，马的头便是一架随时捕捉图像和声音的高度灵敏的机器，它防备的是一切外来的天敌。你不能不为造物主造出这样机警合理的动物而感喟，但就像所有所谓天造地设的精密之物一样，总有意想不到的结局，总有不可设定的意外，正所谓百密一疏。

五月是荒原春天的开始。卡拉麦里到处弥漫着繁衍的气息。挡风的梭梭正换上绿装。沙丘一侧的红柳梢头一片粉红，而迎风坡地上的沙拐枣也挂起了一串串的红色、淡绿色或黄色的带翅果实。在这片沙漠植物的深处，俊秀的小野驴出生了，乖巧的小鹅喉羚也睁开眼看见了新鲜的春天。而只有野马，选择更为荒凉，在它看来也相对安全的地方去产驹。

母马银火肚子下坠得愈来愈明显，尽管它还要追随烈焰领导的马群四下游走，但即将成为母亲的焦虑和勉强，使它变得多疑而神经质，对于任何一匹公马的接近它都报以凶狠而低沉的嘶吼，包括烈焰。

研究人员远远盯着银火，希望观察到野马在野外的自然分娩。

但是，非常意外的是银火不知何时失踪了，烈焰也不知去向。

小半天工夫，银火出现了，它显得很疲惫，下坠的肚子明显小了，说明银火已在不为人知的地方有过生产。而奇怪的是，小野马出生后，往往母马舔干它身上的羊水后，它便能站立起来，一两个小时之后就会跟着母亲奔跑，回到群中，可谁也没有看到有小马驹跟着银火，难道有什么不测？一种隐隐的不祥，攫住了所有人的心。

人们分头去寻找。这真是一个绝好的隐蔽之处，一道高坎挡住了风，也挡住了视线，几丛并不高大的柽柳，恰好能让一匹马藏身其中，银火就在这里产下了小驹。但眼前的景象，却让每个人目不忍视。小马驹已气绝多时，它秀美的马脸侧卧在血泊中，还没能下咽一口母乳的腹肚却迸裂成一堆脏物，只有绸缎般柔软的皮毛，还隐隐闪着温润的光泽。

谁是凶手？是谁扼杀了荒原上的新生命？是什么样的新仇导致了这样的暴行？是什么样的旧恨促使了这样的结果？

没有费更多的周折，人们就找出了元凶，它是烈焰，那个脸上有疤痕的新酋长，因为在它的蹄子上，有已经变干了的血污。

印度的《奥义书》中，有一首感人至深的对马的赞美诗："太阳是祭献的马头，恒星是它的眼睛，风是它的呼吸，而烈火是它张开的嘴，它的背是苍天，腹是大地，肋骨是大气的气流，植物和草是它的鬃毛，升起的太阳是它的胸，它死的时候即是天空打雷的时候。"

在那一刻，五月晴朗的卡拉麦里，所有人都听到了经久不息的雷声。

鸽子与少年

在阔孜其亚贝希巷口一侧，鸽群的突然出现，使天空千疮百孔，喀什人最喜爱的灰蓝色鸽子像几片蓝色的瓦，仅仅转瞬间，天空又变得严丝合缝了。

沙拉依丁站在他家的屋顶吆鸽子，他的60只鸽子的庞大队伍从身旁的笼子里冲腾而出，在那只他最喜欢的鸽王热合西的带领下，鸽群在天空迅速变换着队形，几只翻翻鸽在疾飞中突然刹住车，像被什么击中一般，翻着跟头栽向地面，这种失重的样子真令人捏一把汗，然而就在这几只鸽子快要跌落地面的时候，它们熄火的发动机突然又重新启动了，携着地面的尘土和热风，只一瞬间就掠上天空,在更高的地方炫耀着身姿。

沙拉依丁仰着细细的脖子，用手在眼前搭一个凉棚,忘情地看着他心爱的鸽子。

这群鸽子是沙拉依丁和爸爸用了两年多的时间才发展起来的。爸爸是个出租车司机,早出晚归的,很少有时间玩鸽子。爸爸在孩童时代肯定是养鸽子的一把好手，这点从爸爸教给他许多的鸽子知识就得到了证实。但现在沙拉依丁觉得,他比爸爸更懂得鸽子。他用力晃动着葫芦瓢,玉米粒发出哗哗的声响,这声响传得很远,就有鸽子三三两两从天而降。他撒出一把玉米,鸽子的翅膀扑腾成一片。他喜欢新鲜玉米的气味,也喜欢听鸽子咕咕的喉鸣，那是一种近乎极尽享受的愉悦呻唤,暖昧而绵长。

沙拉依丁的叔叔也是个养鸽子的好手,养了一百多只鸽子。去年,他的鸽子和叔叔的鸽子有过一次比赛,把鸽子都装了笼,用汽车拉到二百多公里以外的莎车去放飞,看谁的鸽子先飞回来,结果叔叔的鸽王蓝雨点拔取头筹。沙拉依丁很崇拜叔叔,但心里却很不服气,他相信他的鸽王热合西今年一定能夺第一。

妹妹在院里喊他时,沙拉依丁正把干馕掰碎,用水泡软了喂那几只才出壳不久的小鸽子。小鸽子粉嘟嘟

的，眼睛都不睁，大张着嘴只管要吃的。他用小拇指假作吃食送到小鸽子的嫩嘴里，手指立刻被夹住了，一点都不疼，只是有点痒酥酥的感觉。妹妹见他不答应，就爬上梯子大声冲他喊，艾克拜尔在等他去踢球。

明年沙拉依丁就要上初中了，可他觉着学习并不太紧张。他是喀什七小足球校队的队员，还是踢前锋的。他的同学艾克拜尔很崇拜他，因为艾克拜尔也养鸽子，但只有30只，关键是他的鸽子很杂，有不少是农民们喂养的那种供吃肉的土鸽子。从爸爸和叔叔那儿学来的养鸽子的本事，让沙拉依丁在艾克拜尔面前指三道四的，而艾克拜尔也会言听计从。上星期巴扎日，他们俩去鸽子市场，艾克拜尔看上一只翅膀和尾巴上有黑点的白鸽子，可沙拉依丁说那鸽子不行，已经不纯种，这样的鸽子拿回去，会把其他鸽子带坏的，就像一个有小偷小摸毛病的人，谁跟他玩，都不会有好结果的。沙拉依丁用这个从爸爸那儿听来的比喻说服了艾克拜尔，而选中了一只灰蓝色的，头上还有一撮冠毛的鸽子，沙拉依丁说，这只鸽子以后可以当鸽王。

妹妹闹着要跟沙拉依丁去踢球，他皱了皱眉头。“你最好待在家里，跟妈妈学绣花帽。”妹妹长得很秀气，巷子里的人都说她长得像她的美人妈妈。往常沙拉依丁也宠着小妹,可把她带到学校去踢球,他怕有同学要嘲笑他。

今天的沙拉依丁穿了红色的球衣、深蓝色的短裤、白色的长筒足球袜,头发剪得短短的,显得很精神,也像一个职业球员。沙拉依丁还没有开始运动,脸上就红扑扑的,见了生人他还害羞,特别是他那双眼睛,灰蓝色的,像喀什噶尔的天空,也像他的鸽王热合西翅膀上的颜色。他的装扮和样子,很容易让人联想到青年时代的意大利球星罗伯特·巴乔,而巴乔的多愁善感和忧郁气质,在这个活泼的少年身上却难看到。

艾克拜尔今天的装扮和沙拉依丁差不多,他的样子有点像狂野的阿根廷前锋卡尼吉亚。他的深眼窝里满是灵动的光影,而且是很有点野性的那种。沙拉依丁最喜欢巴西队,第一崇拜罗纳尔多。而艾克拜尔最喜欢阿根廷队,自然马拉多纳是他的最爱。为此他们常常争论,但多数情况下沙拉依丁会先闭嘴,因为斗嘴并不是他的强项。

住在阔孜其亚贝希这个地方,他们都觉着不错,虽然没有大地方可以踢足球,但每家的院子和房顶都可以养鸽子,不像城市中间住楼房的人,想养鸽子可不容易。

艾克拜尔向沙拉依丁发誓,昨晚中青队和乌兹别克斯坦青年队的比赛，赛前他就预测到中青队会赢。沙拉依丁没有作任何评价，他开出一球，很用力的一脚，球飞得很高，他的目光在追随足球渐渐升高的时候，看到了他的鸽群。鸽群的重量让天空倾斜，鸽群让天空千疮百孔。

蚂蚁的白日梦

做白日梦是人人都曾有过的经历，古代帝王的白日梦可能是江山万代，社稷永存，布衣的白日梦大抵是茅屋换瓦房，布衣变绫罗。白日梦其实是愿望，是超出实际难以实现的愿望，是比一般愿望更疯狂的欲望，抑或是野心。

不同的人，白日梦的级次也是大相径庭的，一个富翁的白日梦经常会是天上落金砖银瓦，最好是砸在头上，哪怕血喷脑溢，当场毙命，也无怨无憾；而一个穷人的白日梦大不了是天上掉馅饼，在这里饼不是一般的饼，而是带馅的饼，带馅就有可能把粉白的肉或者一些意想不到的斑斓之物混淆其中，但只要有了肉这档次就升了上去。

但白日梦不仅是人才有的，天上的飞鸟，水中的翔鱼，山坡一棵孤独的树，土里藏匿的一块石头，肯定也都有各自的白日梦，白日梦从生发，到演进，到曲折，到扩展，再到高潮，直至破灭，和人的一生，和所有物种的一生，甚至和一个王朝的兴衰何其相似。

有谁知道蚂蚁的白日梦？

这世上比蚂蚁渺小的东西并不多，像蚂蚁这般渺小而名声这般巨大的也不多见。我知道的一家搬家公司，就用蚂蚁来命名自己叫“蚂蚁搬迁”。按身高体重和搬动的重量来计算，蚂蚁是当之无愧的大力士，细若毫毛的胳膊，举起一粒米，就相当一个人举起了一座山，而蚂蚁的隐忍勤勉，兢兢业业，优秀的个体素质，良好的组织协同能力，又常常被我们树为楷模。蚂蚁受到普遍的尊重，是因为它的一些行为与我们推崇的良好品格、社会公德不谋而合。蚂蚁是被我们人格化的英雄，蚂蚁搬泰山是在讲一种感天动地的执着，蚂蚁啃骨头是在论一种锲而不舍的精神，蚂蚁完成的事在我们看来无疑都是壮举，有个好名声是多么必要。

那天在一个烈日当头的正午，我与蚂蚁不期而遇。

在沿古丝绸之路北道踏勘了一圈之后,被历史的苍茫和现实的肤浅弄得不知所措的我,最深切的感受是在雄山大水面前,我们渺小得不如蚂蚁,这绝不是我首先发现的比喻,却让我一遍遍地沮丧,而也是在这时我一低头便发现了真实的蚂蚁。

那是一种烟黄色的蚂蚁,比常见的蚂蚁要小许多,小到你不仔细看都难以发现它的存在,如果它是静止的,眼睛就可以忽略不计了,它实在太渺小,一粒尘埃对它来说就是一座山。而这些羽量级的蚂蚁成千上万甚至以亿来计聚集在一起的时候,照样显示出了一种真实的存在,它们密集地排成一个纵队——但绝不是整齐划一的,在灰白的土地上划出一道绵绵不绝的烟黄色的线。

我搞不清楚它们在干什么,朝着一个方向走,显然有既定的目标,每一只蚂蚁仿佛都是公园里那些把衣服系在腰间的暴走族,缄默疾行,对周围不理不睬;或者就像古代衔枚突击的士兵,沉重的使命让他们的肩背透出力道;而我觉得它们更像红军在万里长征,逶迤的队形于千山万壑间穿行,书写出惊天动地的一笔。

忙碌的蚂蚁,是一条传输带,向远方输送着食物或生活必需品,也延续着关于这个家族的声誉,它们纪律严明,信仰崇高,生活态度端正,对辛勤的劳作者而言,还有什么比劳作本身更能体现价值呢？这是一种秩序，用不着谁去提醒，细致的分工，严格的规程，呈现出高度社会化的趋势，谁能肯定，在若干年以后蚂蚁不能成为这个世界的主宰？

如果没有意外，谁能改变这行进的大趋势？就像捉摸不定的人生一样，你原以为一眼就把未来之路看到了头，按照既定的线路闭着眼也不会走错到哪里，可是一些最难预料的事，不一定是什么大事，也许是最不起眼的鸡毛蒜皮的小事，就彻底改变了一生。此刻，这一队疾行的蚂蚁，就被突如其来的一滴水——确切地说是一滴瓜汁打乱了阵脚，这是一滴从我的嘴边跌落的瓜汁，甘甜而黏稠，只有日照强烈、昼夜温差极大的新疆，盛产出的优良瓜果才会有如此的效果。这是一滴硕大的暗红色液体，它无意间准确地落在了蚂蚁的头上，就像一个湖泊突然从天而降，我看见一团蚂蚁在挣扎，在甜蜜的泥淖中翻滚，那情形就如同不谙水性的溺水者，忙乱的手脚抓不住救命的稻草。

我对我制造的灾难感到震惊。我无意去做一些戕害生灵的罪恶之事，我知道我能改变的世界有限，但只要我们活着，就会不断影响、改变周围的一切，不管愿不愿意，也不管多么小心翼翼，哪怕把活动半径缩至最小，就如修行的大善者，每行一步都注意脚下是否踩着了蝼蚁，宁肯被蚊蝇叮啮也决不劈掌以血儆之。而人活天地间，呼吸乾坤之气，承接阳光雨露，甘食其土之有，耗费的生灵万物何止千百，有些事不能细想，也不能展开联想，难怪米兰·昆德拉说：人一思考，上帝就发笑。

蚂蚁的队列开始混乱，它们不再朝着一个方向疾行，而是掉转过头向那一滴从天而降的巨大的甜蜜聚拢过来，它们的中心像是有一位言语极富煽动性的演讲者，它的信众里三层外三层的，顶礼膜拜，三呼万岁，甜蜜是蚂蚁的宗教。

甜蜜是蚂蚁的宗教。在阿勒泰草原，不时会看到草屑堆成大小如坟茔般的丘包，那就是草原红蚁的巢穴，据说草原红蚁可治风湿，常年住毡房的哈萨克牧人，患风湿病的比例很高，有人就把草原红蚁焙干研成粉状，制成蜜丸，或者干脆把红蚁直接泡进烈酒里。这方子对风湿病立竿见影。可是，那是需要成千上万只蚂蚁，如何获取？就算你掘开一个大蚂蚁窝，炸了营的蚂蚁乱糟糟地满地都是，有的甚至缘着裤子爬上你的脑袋，但你能真正抓住几只蚂蚁？有智者找来几只空啤酒瓶，每只瓶内滴几滴蜂蜜，然后在蚁穴附近把啤酒瓶笔直地埋进土里，瓶口几与地面平，不消一刻，蚂蚁们就会发现这瓶的深渊之下,有它们最不可抗拒的东西,于是乎纷纷成为瓮中之蚁,半天之内,蚂蚁就会自己爬满一瓶。

甜蜜是致命的。蚂蚁对一切甜蜜的东西有着近乎疯狂的热爱,不管人把糖、蜂蜜或者带甜味的东西藏得再巧妙,无一例外都会被蚂蚁找到踪迹。它们是循味而至?还是具有对甜蜜的先天感应?抑或是对甜蜜有着非凡的预知判断能力?

蚂蚁们把一滴瓜汁团团围定,那一滴暗红色不见了,变成了一坨不断蠕动的烟黄色。

儿时听过一个刘邦、项羽和蚂蚁有关的故事。一世英雄项羽被刘邦击败,美人虞姬和乌骓宝马相继离去,都不足以让他崩溃,面对绝地他尚可做最后一搏,但他低头看到了蚂蚁在地上摆出的字:项羽死于此。他完全绝望了,仰天长叹"天要亡我",遂拔剑自刎。其实,那不是蚂蚁自己摆出的字,而是狡猾的刘邦预先在江边用蜂蜜写下了那致命的几个字,刘邦知道蚂蚁会替他完成剩下的事,果然,不知是计的项羽只能认为是天意了,在四面楚歌的绝望中,掐断了最后活下去的念想。

蚂蚁是谁的帮凶?一场电光石火、惊天动地的争霸,谁也没料到因为蚂蚁的出现,结局竟变得如此匪夷所思。

而现在，蚂蚁们又一次被甜蜜击中，它们展开了空前的抢夺，很快，那一滴瓜汁被瓜分殆尽。看来它们的被打乱的秩序就要恢复，行进将继续，有的很满足，手舞足蹈的，有的气喘吁吁的，有的似乎在回味刚才突如其来的甜蜜带来的巨大幸福，有的则仰着头，立起前爪两手相握，像是祈祷，也像是等待，它们不会是希望再有一滴甜蜜从天而降吧？空空的天上，落下的东西却很多，如果是一滴雨，不知道会不会伤着蚂蚁？一粒冰雹肯定是致命的，如果是一块石头落下，那肯定如陨石撞击地球，如果是一截带着火星四溅的烟头飞来，那与核爆炸又有何区别？最有可能的是谁的蹄子或脚踩下，蚂蚁的灭顶之灾通常是在旁人毫无知觉的情况下发生的。在这些所有的可能中，一滴瓜汁的概率恐怕是最低的，就如好运气之于倒霉鬼，盼望着它的再一次莅临，无疑是白日梦，蚂蚁的白日梦其实很简单很朴素，一滴甘甜无比的瓜汁而已，一点也不过分。

我忽然就有了一种冲动，用吃剩的一块瓜皮挡住蚂蚁大军的去路。一块瓜皮像一艘航空母舰，昂首峭立于西部苍黄的大地，而甲板上站满了拥挤的水兵。

戴乳罩的羊

在山地阿勒泰，冷杉与阳光是这个世界的两个极端。冷杉都高高大大，像身着长披风的剑客，峡谷冷硬的风袭过，长披风的下摆鸟翅般飞扬，冷杉的梢头节制而有分量地飞扬，而长披风里包裹的身板，在风声中凝而不动，最深重的心事，最阴暗的角落，最坚定的决心都集于一身，树干含蓄并沉稳，每一株冷杉的背影皆透射出冷冷的杀机。但是阳光就不同了，它健康而明朗，颗粒粗糙而饱满，类似于小麦或青稞，它在每个事物的头顶播撒，牧人的面颊被熏染成绛紫色，岩石般的皮肤深褐中透出暗红，阳光的气味有些呛人，这气味营造出一种热烈而平和的景象，在这种景象里，人最容易陷入无所事事之中——身体倦怠，脑袋迟钝，纯净的世界有时让人丧失记忆，在看到第一朵野罂粟，看到第一只甲虫，听到第一声枭叫或第一声狼嚎，记忆重新工作，从第一朵野罂粟开始的序号排列，记忆变得单纯而屈指可数。

就是在这种景象中，我发现了羊。羊是山地阿勒泰唯一在阳光下不改变肤色的东西。我从草地上抬起头，看着那些不知从哪儿一下冒出来的羊，像雨后几分钟之内在草地的阳坡拱出的蘑菇，新鲜、丰润，让人望之动情。

人长着眼皮真好，对不想看或不敢看的东西，只消合闭上眼皮子就行了。因此书上更确切地将眼皮子称作眼帘，这“帘”用得何其贴切，既有布料的质地，又有动感。刚才仰躺在草地上，素面朝天的架势，把眼帘拉上，面对正午的阳光，眼前便制造出一片血红，且嗡嗡作响，只要眼睛一睁开血红和嗡嗡的声音便消失得无踪无影，我将眼帘如此开合几次，竟然屡试不爽。

这会儿我漫不经心地看着近处的羊，也试着将眼帘开开合合，但起初什么结果也没有，几次以后，在眼皮子制造的黑夜里竟然出现了几块白色的斑点，我知道那是羊的影像于我的眼底反复作用的结果，就如同往事。

我开始注意羊。无论从何种角度来看，羊都是最没有意思的，尤其是老羊，都有副蒙受了不白之冤的表情，它们对待草的样子很认真，像寻找失落于草地的钥匙，东闻闻西嗅嗅，嘴角还在快速地错动，念念叨叨的；倒是它们的孩子尚有几分天真。对幼小的事物，人总是怀有一种天然的怜悯和爱意，对小羊亦不例外，甚至小羊向体外排粪球的动作，都令人觉着那么拙朴自然。

它长着花白的胡子，在下颌高高翘起的一绺胡子，但它是母羊。这的确有些让我感动。就像现在的许多年轻人脸上留着胡子，脑袋后面却扎着一把小辫儿，既怪异又令人注目。我之所以强调令我感动，是因为那么多标新立异的事都是人干的，羊只干了这一件。

更让我吃惊的是，这母羊鼓胀胀的乳房上竟然也戴着乳罩，乳罩是黑布或者别的什么花色的布块拼凑缝制的，显然已经用了一段时间，那上面奶渍或者别的什么形成的特殊颜色，使之充满了沧桑感。母羊就戴着这样的乳罩，目光无邪地从一蓬草走向另一丛草，它没有丝毫的羞怯和慌乱，更不会对我的无礼目光产生丝毫的愤怒。这和海滨浴场那些着三点式泳装，尖声尖气叫喊的女郎有着根本的区别。那些丰乳肥臀的女人们，用一种遮掩来宣告裸露，用极少的禁锢换来大面积的解放。

羊就戴着人给做的乳罩走来走去，公羊们视而不见，表现出良好的品质和修养，这也是羊和人最大的区别之一。大街上如果走来一个女人，如果她袅袅婷婷，如果她款款而来，那一定令无数男儿竞回头，更多的目光可能会飞栖于她的胸前久久不愿离去；如果是在夏天，在薄薄的衣裙下，似隐似现地有那么两处，绝对让男人们憧憬万分，想入非非。

而羊就不同了，羊用不着为自己的羞体而惭愧，更没有必要用一种曲折的手段来增强自身的魅力，那么母羊戴乳罩究竟是羊的想法还是人的想法？

在山地阿勒泰，这个远荒遐塞的边远地区，哈萨克牧民们在毡房里还是用传统的冬不拉弹唱爱情，所有关于人类的情爱都是用酒在琴弦上泼洒出的；那么在阿尔泰山深处，镌刻于石壁上的关于狩猎、牧耕，甚至生殖崇拜的岩画，则更有力地证实了过去的一切都没有更大或者本质的变化，可是羊为什么要戴乳罩？是这个世界让羊变得愈来愈轻佻而追赶时髦？还是羊受了人的影响爱起美来？抑或是人的恶作剧，把自己难以实现的愿望，通过羊表现出来？

但是都不像。母羊戴着乳罩走来走去，小羊们在它的周围盘桓不去，那情形好像兜里揣着糖果的托儿所阿姨，让孩子们充满了盼头，可阿姨就是不把糖果拿出来，孩子们有的就用哭来抗议，而小羊则哀怜地低声咩咩。

傍晚在哈萨克毡房里喝酒。肥美的羊肉常常让人忘了牧羊者和这羊肉有什么关系，主人请你吃肉的热情和他自己的大吃大嚼的样子，更让你觉得锅里的羊肯定不是他亲自牧养大的。

有孩子的哭声传来，很快又消失了。取代哭声的是孩子有力而响亮的吮咂声，显然孩子在吃奶。我猛然想起了午间戴乳罩的羊，那个始终于我心头不释的种种猜测，此刻重又占领了我的胸间。

我请毡房的主人给我解答，但我无论如何不能向他表明何为乳罩，我用手在胸前比画，从嗓子眼里挤出羊的叫声，但终究无济于事，离答案最接近的一次，是主人帮我添奶茶。

翌日清晨，我被羊的高一声低一声的咩叫从酒醉中摇醒，山林里清冽潮润的空气，让我从肺筒子里打出一个震天撼地的喷嚏。

女主人在挤羊奶，那白色的乳汁随着女主人双手的上下提捏，骤雨般攒射在铁皮的桶壁发出滋滋的声响，而那条颜色不明的乳罩肮脏地扔在一旁，我忽然明白了，人让羊戴乳罩，不是为了保持羊的体形，维持一个不变的常量,而是通过这一手段,控制羊的哺乳。既然人牧养了羊,羊的一切就该为人服务,从草变为奶是所有人都没有深究过的一个问题。因为乳罩,小羊只有去吃草。

挤完了奶的女主人,麻利地给母羊系上乳罩。拎着满满一桶羊奶从羊群中蹒跚穿过。那一刻小羊们都不咩叫了,它们的目光都转向了戴乳罩的母亲,它们分明闻到了乳汁那熟稔而甘美的气味,它们忍不住齐声大咩了一声。

被人戴上乳罩的母羊们,在所有赤身裸体的羊群中,显得那样无地自容。

决斗的羊

在喀什噶尔这样的地方，很容易使人忘却外面的世界。倒是与历史和时间相关的一些东西，都用不同方式，或多或少，或明或隐地被存留下来，那不是人为的结果，而实在是这个中亚名城它所包容的东西太广泛，以至于让人难以从现实中把现代和过去严格区分开来。比如小贩的叫卖声，常常夹杂着一丁点儿古老的韵味，如果他的眼神苍茫，如果他的举止节制，那么，你会觉着身处何世呢？再比如过去的皇宫现在在它的基础上形成的一个大杂院里，一个少妇，为她的一盆夹竹桃浇水，她的孩子在屋里啼哭不止，而她充耳不闻，她的心思已跑到昆仑山的深处,她的男人为采一块可以打制一副手镯的羊脂玉而身悬绝壁,这样的场景,这样红如烟霞的夹竹桃,你会恍然置身何时呢?

因此,在喀什噶尔千万不要仔细去分辨什么,在保留了古老遗风太多的地方,感觉是什么就是什么,所有的考证都应该留给大学考古专业出来的人去干,你的任务就是走走看看想想，或者像所有无所事事的人一样，斜着肩膀,目光散漫,对最没有意义的事情发生浓厚的兴趣。但是有一点可以肯定,不管现在是否发生过什么,在这里曾经发生过的一切，都在影响或者暗示着今天，为所有投入喀什噶尔怀抱的人提供些许可资缅想追怀的东西。

这番所想，是我在喀什噶尔看了一次斗羊所联想到的。

我对这类事情向来没有太大的兴趣。让动物和动物争斗，不过是让动物来完成人类想干而无法去实践的事;让人和动物斗,也无非是证明人比动物强。因此,斗鸡、斗牛、斗狗、斗蟋蟀,多少都体现了人类的某种愿望,把动物拟人化,把人拟兽化,总之都是我们自己导演的一幕幕戏。

斗羊,是羊和羊斗。羊是什么东西?是除了草可以被其践踏蹂躏以外而再没有什么可以能够欺负的可怜的东西，让这种最懦弱的东西去完成最强悍者的壮举，人类需要多么大的耐心和智慧。

看看羊吧，是一种多么奇怪的动物。它长了一个可以打斗的头，颅顶插了两把分外壮观的弯刀，不过像是藏在鞘中，随时准备拔出，完全有剑侠刀客的气度；而它的身子却长成了肥胖臃肿的富贵相，穿着鬈毛的皮衣，纤细的腿脚像踮着脚尖走路，一摇三摆的。这是多么滑稽的组合。这种组合本身就蕴含了悲剧的成分，向手无寸铁者开刀，多少有点残忍，缺乏君子气概，但既然你在头顶举了两把大刀，那么啖其肉，穿其皮，也是应该的，不然被羊所剐杀的就可能是别的什么，因此，在人宰杀它们之前，先让它们自己斗斗，耗尽锐气，也实在是没有什么可指责的。

羊就这样被领进了赛场。所谓赛场不过是密密匝匝的人用他们的目光围拢的空地。

羊还是那样温顺的样子，不像牛那样牛气冲天，也不像鸡那样不亢不卑。它被主人带进来的时候，甚至有些羞涩，躲躲闪闪。这是羊里面的巨人，肩高可达一个汉子的腰腹，但它们不是羯羊，后腿之间凸出着一大堆浑圆的东西，说明了它们有着无穷力量的源泉；而尾部是很大一块松软但充满了弹性的整体，有些像巨大的拳击手套吊在屁股后面——这是南疆特有的大尾羊。

这不是群体的械斗，而是单挑的决斗。人们期待到来的羊，是一只白羊和一只黑羊，容易让人联想到一位白人拳师和一位黑人拳手，在绳圈的两头远远地打量对方。但是羊似乎更冷静，低着头，从人腿的缝隙偷窥着对方而不被对方发觉。其实在更早的时候，它们分别被拴在不同的树下时，从气味里就已经预感了不可避免的遭遇。

可是羊在回避，努力造成一种被逼无奈的氛围。这世上没有无缘无故的爱，也没有毫无理由的恨，白羊和黑羊的芥蒂是人制造出来的，人有时傻就傻在自以为主宰命令了什么，可实际上往往被对方利用了还浑然不知。羊这时就是这样，白羊嫌黑羊脏黑，黑羊嫌白羊刺眼，仇恨在见面的第一眼便已埋下，只是人做了替罪羊，仇恨和打斗都是人让干的，与羊何干？

白羊和黑羊被各自的主人推搡到尽可能近的地方，好让双方认清对手的模样，然后主人们抱着羊的粗脖子，向左右摇晃，羊头上的大弯刀划拉得空气呼呼作响，这是不信任和不喜欢的信号，而主人又在这个至关重要的节骨眼上，模仿羊从嗓子眼里挤出紧凑而尖厉的钝响，这是警告对方不要滋事，威慑对方不要轻举妄动的声音。在进行完这一切之后，各自的主人便悄悄地拍一拍拳击手套似的大肥尾巴，暗示，哥们，上吧，是时候了！

但是羊没有马上扑向对方，它们略微迟疑了一下，便迅速向后退却，这如同想打击得更凶猛一些，必须得先将拳头收回来一样。白羊和黑羊各后退了十几步，又几乎是同时奋勇冲向对方，那可是义无反顾地拼刺，让人不敢相信斯文而慵懒的羊竟能跑蹿出马或者猎豹的步态。几乎在一眨眼的工夫，白色的闪电和黑色的闪电便坚决交织在一起，晴空平地陡响一声炸雷，惊得周遭一片哑然。在人们还没有回过神来的时候，羊又迅速退回到各自的警戒线内，但是不做任何停留，白色的山体与黑色的山体又迅疾地接近，两山碰撞，星火四溅，大地猛烈撼动。

这时围观者才猛透过一口气来，看黑色的火焰和白色的火焰试图扑灭对方，而人们呐喊的干柴，只能使火光的芒焰更加熊熊。人们都伸长了脖子，在一侧的青筋跳动着，睁大的眼睛里纠满了血红，这是一种久违的东西，从内心的深处挣跳出。

据说斗羊是先祖们在每临战事之前与祭天地同时进行的一项内容，人的勇敢和斗志，是可以从羊那里得到启示和提示的。

羊的打斗是非常侠义的,它们不会绕弯子,使假招,或虚晃一枪,或暗里藏刀。它们是完完全全,光明磊落的较量,直扑过去,不由分说,这有点像中世纪的骑士,比如堂·吉诃德,看见飞旋的风车便骑瘦驴举长矛直直冲刺。

在羊的十数个回合的撞击中,总有一条闪电被斩断,总有一道山体被崩毁,总有一蓬野火被熄灭,但是羊们不会因为这样的结果而中途罢战。果然,白羊的眉骨开始淌血,像雪地里的一簇红火苗,但白羊没有退却,而是更加猛烈地冲向黑羊,在贴近对方肉搏的一刹那,奔跑中将前蹄和整个前身猛地托起,以加大从上至下的力度。这是致命的一击,黑羊摇晃了一下巨大的身体险些跌倒,也是在那一瞬间,黑白两个世界发生了根本性的变化,白羊占了上风。黑羊不敢再战,输也输得明明白白,赢也赢得磊磊落落,它折过头,向它的主人走去,而白羊也绝不追赶,兀立在胜利的大地。

没有谁人会去深究羊们为什么要打斗。羊的胜利或失败,不是羊的荣辱。白羊的头上,被扎上了一朵比它的血更亮丽的红绸大花,像个劳动能手或者学习模范,它的主人没有花戴,但却在兜里揣进了一笔可观的奖金,人轻易就可以骗过羊，羊下次还得继续努力。

在过去，在很久很久以前，斗羊的事总是要比现在简单和朴素的多，不像现在还要弄个裁判，用红绳子在脖子上系一把白铜的哨子。羊也许听不懂哨声，但必须尊重裁判。这也是和过去不一样，并大有进步的事。

一枪打死24只羊

羊在草原的时候，尤其是和碧绿的草、水红的花相映成趣的情况下，才显得那样单纯，富有寓言的意味。少年牧人的抛石器，以羊为内容的民间故事，以及狼和小羊，总是喊叫狼来了的说谎的孩子，都为羊的身世和背景铺垫了一层充满哀怜的成分。毫无疑问，除了狼爱吃羊，还有人还有更多的东西都喜欢羊身上那股浓淡相宜的膻香味儿，那么羊呢？只有吃草的分儿，羊和羊之间形成的默契和混合，不是我们人所能理解的，那些随意被排出体外的油黑而浑圆的粪球，往往是不分彼此的，谁的嘴抵着谁的屁股都无所谓，嗅着同一种气味，自然而然排成杂乱而有序的队列，从这个山坳漫向另一处山包,千百年了,羊走着一条现实主义的道路。

那么羊步入城市就是另一回事了。

是一个离天明还有相当一段时间的清晨。这样的清晨容易让人想到非人间的种种场景,羊就是这个时候自城市的边缘开始向城市进发，犹如驻扎在城边的部队，接到命令在天明前拿下这座城市。因此,在城市的机动车辆都纷纷沉入梦乡的时候，羊的部队肃然而有纪律，谈不上大模大样,也谈不上小心翼翼,纷沓的蹄子在它们非常不熟悉的柏油路面上，叩击出零乱而有秩序的节奏。

雾使街边的树影愈加浓烈，并且从树丛向四周散开,羊的出现有些怪异,像反穿着白色伪装衣,在黎明前的更黑的夜色中,显出一种扎眼的白来,但这白是影影绰绰的,不确定的,如果你真的看清楚了这白,羊的犄角大概已经抵到你的屁股了。

吆羊的人,往往是上了岁数的男人。他的喊声短促而勉强,总有痰音相伴。往往也看不清他的面孔,不套面子的皮大氅,厚厚的领子一直竖到两耳之上,他把羊皮穿在身上,因而和羊群一样白也和羊一样不怕冷。只有莫合烟的星火间或一闪,显出他浓郁的髭须,当然由此

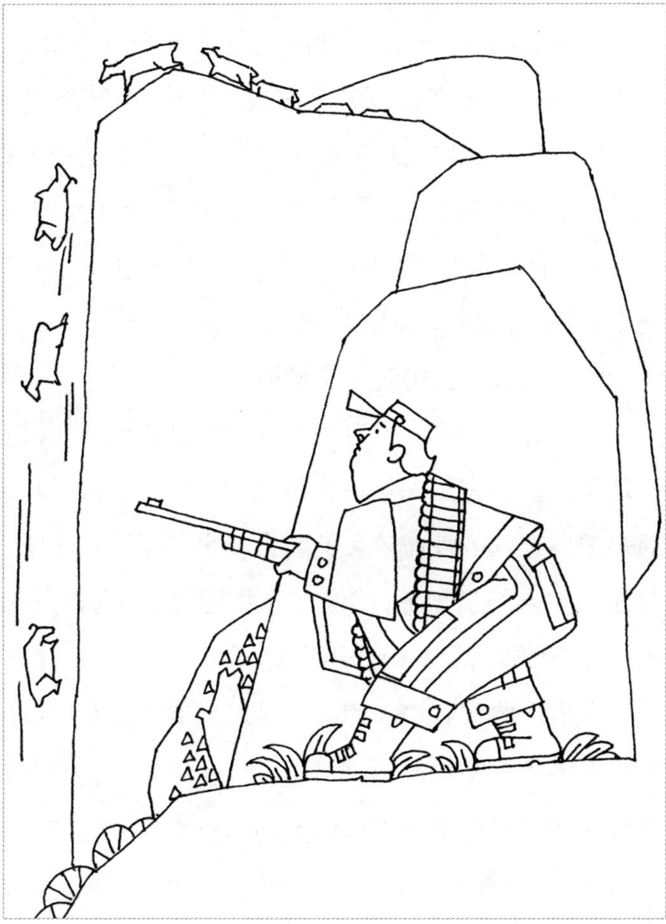

可以推想他有一双阴鸷的眼睛。

羊们现在走的这条路，是牛、马甚至骆驼们这些大牲畜都走过的路——这是通向城市屠宰场的路。所谓的屠宰场不过是在那条著名的过境公路旁用铁丝网和栅栏圈定的也是法定的屠宰的地方。大大小小的鹅卵石，经过无数次血的洗礼，红得发暗，有些名贵宝石的润泽劲儿；至于那些直接从肠肚里倾倒出的粪便中，还没有完全被消化的草屑，黄的绿的完全是混为一谈，可以看出草转化为血、肉、奶时的悲惨相。

冲天的恶臭并未因为天气寒冷的凝冻而有所减弱。但是羊们并没有预先知道这是死亡之旅，也并没有接到通知去奔赴一个性命攸关的约会，它们跟随着头羊，头羊在吆羊人的引领下，就像在夏牧场转场，或者由秋天进入冬窝子，完全是一件再自然不过的事，没有什么可担心也用不着费心地去想。只是这次的行动有些沉闷，从吆人羊的背影里就隐隐透出了一种说不清楚的气氛。羊们非常怀念在草原上高低不同的吟唱，即使谁唱错了一句，也不会有人笑话，羊们在城市只唱了一句，便被大街两旁的高楼依次传递来的回声吓了一跳，被自己的声音吓住这还是第一次。

血腥和粪便的气味是一种信号，是一种不祥的信息。头羊站住了，所有的羊都停止了前进。吆羊人从怀里掏出被他的胸脯焐热的铜铃铛，但并不佩在头羊的项下，而是自己很有劲地摇动着，让人发出羊的铃铎之声，让羊听懂来自领导者的号令。于是头羊在望了望吆羊人之后，便默不作声地向前迈动了脚步，所有的羊们亦步亦趋。铃铎的声音四溅，铿铿然亦嗒嗒然，它遮掩了一切不祥的信息。

——但是，羊们坚决地在栅栏外的大门边立定了，不肯前进一步。那一峰被五花大绑动弹不得的骆驼，横躺在地上，像要表述什么而又含混不清，白色的大量的唾沫在它的唇齿间堆积横溢，怪模怪样的身体在被放倒之后，更显丑陋而无奈；还有一头犍牛，蛮横地将它的犄角来回摆动着，充满了傲气和挑战，犍牛似乎犹豫了一下，但很坚决地轰然一声倒地，被它的身体掀起的尘土带着牛粪的气味经久不散，犍牛的眼睛睁得绝大，快要夺眶而出，充血的眼白，像已经露出曙色的天空。

羊们从这一道不灭的眼神里领悟到了什么，它们开始不安，纷纷议论着眼前的一切，但没有一只擅自逃离。它们的首领魁岸而峻拔，略向后去但绝对直指天空的犄角、锋利而漂亮，就如同指挥官的佩剑一般，具有不可动摇的权威；而首领高高翘起的尾巴上，那一块被主人特意染红的地方,像朱红的大印炫示着它的部族。

在太阳升起之前,所有的羊都要变成肉。人变得愈来愈没有耐性,脾气暴躁再不跟羊商量什么。有人开始用鞭子和木棍驱赶羊,疼痛的羊四散而去。还是吆羊人懂得羊,他黝黑而遒劲的手一把便攥定了头羊的犄角,那个硕大的熟铜的铃铎被迅速安排在头羊的项下,顿时铎声訇然,光音四溅,四散的羊群戛然收住步子,纷纷调转了头,朝向它们首领伫立的地方靠拢而去。这些羊们,这些年轻的老者——眼睛清澈而灵活——阅尽了世间沧桑,但项下的胡须已显苍然之态,这是生命的复杂体,把衰老和青春集于一张脸,这该是最有头脑经验也最有热情活力的一群,但羊却不是。

在它们的首领被带进屠宰场之后,追随着那顿挫的铃铎之声,羊们整齐地迈入了死亡的门槛。羊的执拗和信仰,来自于对它们头羊的崇拜,那不绝于耳的铃铎,终于喑哑了,它又回到吆羊人的怀中,倾听人类的心跳。

太阳照常升起,被羊和大牲畜们称之为午门的地方,肉类在以公斤的计量方式进行出售。检疫人员标志合格的蓝戳,被照例印盖在羊的尸体最肥美的地方,那块紫蓝色,盛开在肉的土地上。

女儿曾经给我出过一道脑筋急转弯的题,她神秘而急切的大眼睛仿佛隐藏着全世界唯有她知道的秘密。急转弯题曰:一个人只开了一枪,便打死了24只羊,为什么?我极尽了我30多年人生经验而终于没能将脑子急转到正确的答案上来。

女儿终于忍不住了:“告诉你吧,那人一枪打死了站在悬崖边上的领头羊,头羊掉下悬崖,所有的羊不都跟着跳下去了吗?”

我恍然。我愕然。我在女儿面前惭愧。

羊啊,又总是与头羊有关的问题。

白羊绿草

南方来了一位朋友,下飞机后便满脸茫然,嘴里咕哝了句:原来这里也不是草原啊。

我现在居住的这座城市,有"美丽的牧场"之意,难怪南方的朋友会有这样的认识。

你是冲着草原来的,草原便意味着有很多的草,有很少的人,有不多不少的羊或牛。骑马的牧人歪斜在鞍垫上,他的麦穗般饱满的短鞭子偃伏于腕头,像辛劳了一年,只有这一穗收获的农夫,沉甸甸的,绝望更多于希望……而他的牧犬忠实地紧随其后,迟钝的目光透过杂乱遮眼的长眉毛,目睹莺飞草长的不变季节……只有羊吃草的声音清晰而真实，那些被牙齿切断的草，散发着久久不散的苦味，容易让人联想到草的血腥，而草却没能染红羊的舌头……这便是你关于草原的所有想象。

那些渴望寻求灵魂自由、超脱世俗嘈杂的人，总是将愿望安置在远方，总是在最荒僻最难理解的地方企图找到内心的繁盛和理解，你就是这样一种人。

说起来简直有点难于启齿，在我们这个号称中国三大牧区的地方，你看到的第一只羊竟然不是在草原，不是在风吹低了草之后豁然而见的羊。那是一个巨大而明亮的橱窗，三只羊以最漂亮的吃草状凝立在那里——它们永远吃不上草。两只大羊和一只小羊，成了羊毛衫促销的最直接、最有效、最动人的方式，看看，这羊毛衫才是货真价实的，取之于此羊，用之于彼人，还会有比这更简单明了的吗？

其实，在你伫立于橱窗前的那一刻我就已经猜到你会怎么想，再不用看你的眼我就明白你觉得你受骗了，在这几只制作精良，几乎能以假乱真的羊模特面前，你的所有关于草原，关于羊的想象，都被现实粉碎，你明白骗你的不是羊，而你从此对羊却产生了一种莫名的仇恨。

但你开始不断向人打听草原，打听羊，你已经准备行装，等待牛奶过敏症下去了，随时扑向草原。

城市的意义就在于它可以包容含混许多概念，可以让一些在其他地方司空见惯的事变得不同寻常起来。

在阿勒泰路一个朋友家。阿勒泰很容易让人联想到草原，但现在却用它命名了一条路，往来穿梭的汽车代替了牛羊。

这个地区的许多事，许多人的许多嗜好，都容易和草原和羊联系在一起。比如待客，最常见也最隆重的方式之一，便是宰杀一只羊，大家围坐在一起，饥肠辘辘与在铁锅里沸腾的煮羊肉共同发出了一种声响，在令人欲醉欲仙的膻香味中，谁的话语还能离开草原而去别的地方觅食呢？

你始终不能理解，不少人就是天天有这样的手抓羊肉也不厌烦，而且每次都有一种期待和新鲜感，是怎么产生的？你不能想象，每天看着青翠欲滴的草却整天吃肉而没有一片绿色的蔬菜，这日子该怎么过？

在草原，人和羊是最亲密无间的。但人吃掉的羊远比狼吃掉的羊要多，狼的名声都是被羊弄坏的，羊把机会都留给了人，没有一点给狼，而人的罪恶却归于狼的启发，人类最仇恨的语言用狼来比喻，羊把狼逼上了绝路。

大家都生活在草原上，草是最基本的东西。不吃草的人和狼通过羊来完成吃草的工作，羊把草穿在身上，把绿色变成白色。

正宗的手抓羊肉被端上来了，散发着诱人的奇香，肉煮得正好，内里的那一层还带着粉红。你知道这肉一定鲜嫩无比，一定没有草的苦腥。

吃下这些羊肉，你知道从此便离不开这里了。

果然你就真去了草原，并深入到牧草最丰茂的地方。你像草一样漫游，山川河谷无所不到，不知道你的灵魂是否自由，不知道你理解了羊还是羊理解了你，总之，草荣草枯都没有你的消息。

可是有一天你忽然出现在我面前，眼睛直直地看着我，眼白特别多，我猜想你一定无意中被哪只母羊的眼神打动过。你说你去的那片草原今年大旱，草都黄了，像营养不良的儿童的脑袋上生出的毛发。

你想起什么似的要问我一个问题：羊爱吃绿草还是爱吃枯黄的草？

这也是问题吗？当然爱吃鲜嫩的绿草！

可是现在没有鲜嫩的绿草，该怎么办？

是啊，该怎么办？

这个问题不是太复杂，可也够想一阵子的。

你从屁股兜里掏出一副眼镜——是那种儿童玩具型的绿塑料镜片的眼镜,告诉我说:草原上的牧人让羊都戴上这玩意儿,每只羊不都吃上了绿草吗?

我无言以对。我忽然想起你曾经说过的话:人没有羊聪明。

羊与狼的定律

在新疆，白色总令人陷入遐想。白色，必须是大片的，诚如西风翻搅曼舞的芦花，一望无际的棉田，垛入苍空的白云，抑或繁如星云的白蝶，弥天弥地的大雪，铺天盖地的羊群……这些只有在新疆才能看得到的大白色，构成了我们视觉以外的莽莽苍苍。几许悲怆，几许空蒙，随便从中抽取其中几个个体的元素，便能搭配组合成很有意味的场景和颇具象征性的寓言。比如大雪和羊群。

雪和羊谁更白，是一个无人深究的问题。

是雪染白了羊？还是羊加厚了雪？雪的飞临，为羊群的生存背景提供了一种含混的深度，而羊群的咩叫，则为雪天雪地的旷野平添了几分寂寥。

总之雪使清晰的世界变得含混起来。无所谓好恶，无所谓冷暖亦无所谓真假，一切美丑皆施以粉黛，那么羊群的挨挤便使雪蠕动起来，这些生动起来的雪，才有了一份真实。

但是雪也是致命的。在我们以雪和羊为命题的叙述中，最好加上狼。雪、羊和狼方能构成一个完整的故事单元。

这已经是冬天的第九场雪。从9月底就开始飘飞的雪，到如今仍没有倦意，过去只在山里飞飞落落，从一个山头掠向另一个山头，如今它已飞遍整个世界。那么，那些羊们，忽然就没有了绿草，雪剥夺了羊的一口鲜嫩，羊因此比雪更耀眼。雪也断了狼的许多念头，作为草原食物链中最重要的一环，狼又回到了原来的位置，从众多的食物来源中涌现出来的羊，只能成为狼此刻的衣食父母。

但是雪是致命的。绵绵不断的雪，增加了羊的绝望。雪的莹白，再加上自己的白，羊承受着色彩失踪的巨大恐惧，这不是谁的弥天大谎，白色带来的虚空，无边无际，白色带来的死寂，绵绵不绝。

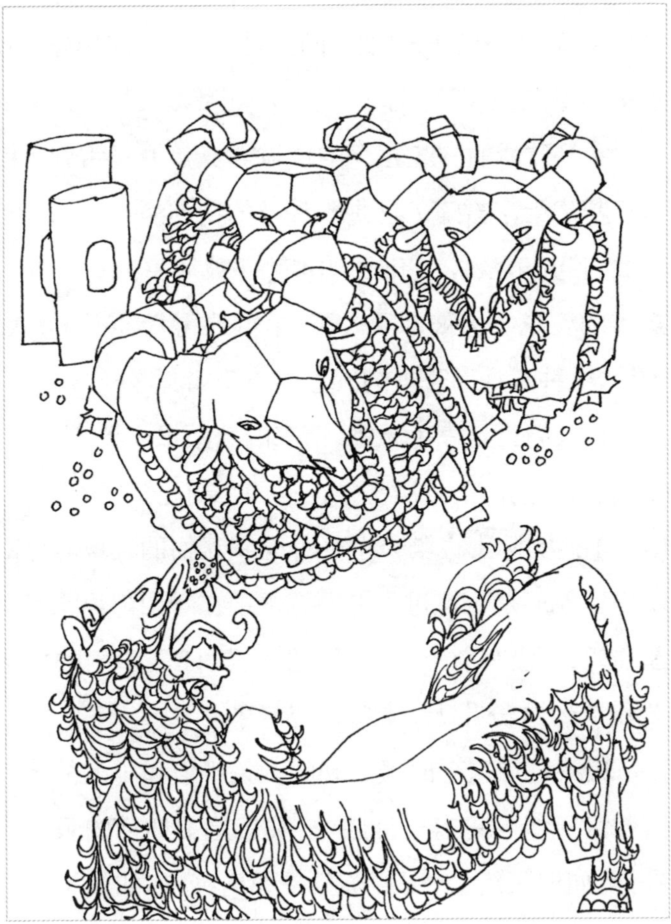

在雪的集体静默中，人可能患雪盲，人可能丧失理智，人可能在同类的身上弄出点血来，让刺目的红色冲散白色围困，从白色幻虚中回到真实中来。但羊没有防雪盲的墨镜，没有医生。

雪是致命的。整整一群羊，在冬天第九场雪到来时，它们都患上了雪癔。这是一种羊的精神病变，它们不再进食，目光散淡，咩声刚一出嘴，便被风驱散；更主要的是羊的魂魄仿佛被谁攫去了，羊群显得六神无主，或站或卧，一种不祥而恐惧的气息牢牢笼罩着这群羊。

牧人们更是束手无策，请来的兽医根本搞不懂是怎么回事，羊的面前堆满了精饲料，而羊们漠然无视。

羊们实际上也陷入了一种无我无物的大境界，原先不知道他们是否有过思考，总之现在一切都停止了，没有愿望，也没有欲求，一副随遇而安、任人宰割的样子，羊能活到这份儿上，也算大智慧了。

狼就是在这个时候出现的。关于狼和羊的故事，千百年来流传的只有一种版本：那就是狼如何凶狠，如何狡诈，如何灭绝狼性，而羊又是如何善良，如何柔弱，如何不堪一击，在狼和羊的所有交往中，羊显然是以受屠戮的面目出现的，从来没有听说过哪一只羊打败过一只狼，羊头上的两把犄角，向来没有吓退过一只狼的进攻，只听说过虎口脱险,谁听说过狼口逃生?

羊的存在，为狼提供了一次次证明自己的机会,狼的野性,因为羊的存在而愈发生机勃勃。

狼就在这个时候出现。羊们都得了雪瘟,羊的内部虚弱之极,羊已不再设防,只有护群的老狗狂吠不止,但这仿佛更加告诉狼,羊就在这里。

天极黑,伸手莫辨五指,只有狼眼闪烁如寒星,峡谷之风掠过,似模仿狼的高亢的嗥叫,而飞迸的雪霰一片沙沙之声,犹如狼群宽大的尾巴扫过原野。

羊的柔弱并不能引起狼的怜悯,只能更加激起狼的决心。狼开始大举进攻,狼扑进羊群,晶白的利齿和森森的绿眼辉映,护群老狗躲得很远,尾巴夹在两股间,呜呜地低唤。有血的甜味弥漫开来,有皮肉撕裂的钝响此起彼伏。

但这仅仅是一瞬间的事。羊群忽然开始骚乱,仿佛大梦猛醒,或者被谁点了的穴道突然解开,羊群左奔右突,狼忽然就被羊撞得跌跌绊绊,犄角锋利无比,在狼的面前忽忽划着弧线……而这时牧羊人的猎枪也恰到好处地轰响，狼用利齿扼着那些挣扎的肥羊，落荒而逃。

这不过是草原上最常见的狼对羊的突袭,但是令牧人大惑不解的是，经过狼的杀戮，羊的雪瘟忽然全部好了。清点羊群，少了五六只肥羊，但小小的牺牲，却换来了全部的健康。

悬崖之羊

独山子村在一场雪后，显得有些臃肿，像孩子穿了一件母亲刚做好的新棉袄，耐看且温暖。

正是徒步的好时机，清冽的空气里，有一丝丝清晨暧昧的味道。一眼望去，满山谷的白，只见一行纤秀的足迹沿着山脊迤逦而去，仿佛是白绢上刺绣的针脚。会有谁比我们更早进入这个世外桃源呢？细观之下发现是羊留下的足迹，尤其一枚小羊的蹄印，精致而完美，像春天的枝头上并蒂的新叶。

步羊的后尘，踏入谷地，松软的雪在脚下吱吱作响，愈发增加了山谷的宁寂；折一截枯枝当手杖，在雪的虚妄处探出实地，但不免总是要滑倒，行进在雪地上，要紧的是不被表面的坦途所迷惑，雪把沟沟坎坎抹平了，让一切有棱角的地方都趋于平庸。

在野外，人总想弄出点动静，在伟大的自然目前，渺小的人不外乎想以此证明自己的存在，有人喜欢吼几嗓子，那也无非是给自己壮胆。同行的一个人开始学狼嗥，声音贴着山谷游动，不久远处就有了回声，一声跟着一声回来，那些被崖壁传递的声音，显然被山石的碰撞改造了，很有些非人类的悲怆效果，那人颇得意，又接连嗥出几声，我们就颇不以为意了。但随后不知什么地方传来了几声羊的咩叫，那叫声很缥缈，尖声尖气的又似有似无，有人说，你的狼嗥把羊吓住了。我们开始寻找这声音的来源，环顾周遭却发现对面的高高崖壁上，有几点棕黄色在白雪中错动，仿佛是为了印证我们的判断，棕黄色及时传来了羊咩声。

在天山，羊的咩叫是最司空见惯的事，能够攀爬上峭壁的肯定是那些山羊，哈萨克人放牧的大都是绵羊，山羊只是极少的一部分。当地人把它称为居吕，下第一场雪以后的山羊被称为冰碴居吕，那时的它的肉鲜美无比，是许多人进山大快朵颐的主要目标，而其他时节它的肉则膻腥味重，不适合食用。山羊虽能产奶、产绒，但

吃草时常常连草根都掘出，对草场破坏严重，通常是不会大量牧养的，现在养山羊似乎只为了第一场雪后的一口鲜香。

羊的咩叫又一次从高崖上飘下，这次听的真切，是一只小羊的叫声，怯生生而颤巍巍的，好似走失的孩子在寻找母亲的护佑，那种无助的感觉人和动物不会有太大的区别，听了让人好不辛酸。看不太清楚是怎么一回事，只好用照相机200倍的镜头，把它拉到我的眼前——哦，一只悬崖上的小羊，准确地说应该是站立在崖壁上的小羊。大部分的羊都已攀到更高的地方，只有这只小羊，在峭壁的半中腰，那是一块桌面大小的平台，四周都是刀削一般的石壁，显然这块平台是一个陷阱，再往上去，起码有一个两米多高的石阶，从旁边稍高处跳到这个平台容易，但要再跳上去恐怕就难上加难了，况且这还是一只小羊啊！

山羊的攀爬能力是一流的，哪怕只有酒瓶盖大小的地方立足吃上劲，它都可以一路纵跳，向着更高的地方挺进，其有力的弹跳，让跳高运动员汗颜，超强的平衡能力，让体操选手羡慕，更是许多动物望尘莫及的。山羊从来就不曾惧怕过狼的突袭，只消三两个腾跃，就能摆脱狼的追击，在狼不能企及的高度，骄傲地咩叫，那是一种嘲笑，更是一种得意；只有雪豹才有可能接近它，那也是在山羊从雪线之上下到有水源的地方找水喝，疏于防范时才易受到攻击，而只要有几秒钟时间，腿可以腾挪开，凶猛的雪豹也一样难以望其项背。

山羊能去的地方，绵羊是不敢想的，它极适应复杂的地形，多大角砾，极险峻的石质地带，是它们的乐园，那里没有争食者的多汁的牧草和险恶地形给予的相对安全，足以让山羊乐而忘忧。

正如淹死的大都是会游泳的，毙于剑锋之下的也大都是剑侠刀客，技艺可以让人所向披靡，也可以令人命丧黄泉，一技之长有时就成了一技之短，它何尝不是双刃剑？而此刻，那只落单的小山羊，它也试图攀上稍缓一面，尖削的蹄足也许是劲力还不够，无论如何插不进浅浅的石隙，几次刚把前蹄搭上去，后蹄还没用上劲就跌落下来，小羊无奈地望着四壁的陡峭发出求救的呼告。果然就有一只母羊从高处蹦跳而下，很快站在了小羊的身旁，母羊围着小羊转了几圈，像是要搞清楚眼下的状况，显然它没有料到情形是如此糟糕，它没有手，无法将小羊托举到更高的地方，也没有攀岩者万能的绳索，帮助小羊脱离困境，它只能把头埋下去，顶着小羊的屁股往上举。但注定是不会成功的，母羊也开始大声咩叫，山谷里回荡着撕心裂肺的声音，不久，又有几只大羊来到小羊身旁，那个头羊一样高大而沧桑的羊，搞不清是它的爸爸或者别的亲戚，也许会有办法，总之那个桌面大小的平台上挤满了五六只山羊，众人拾柴火焰高，集体的力量和智慧，是否可以化险为夷？在众多羊的合唱中，小羊的咩叫被湮没了，但可以肯定的是，它们一筹莫展，因为很快它们都纷纷逃离了，只撇下小羊和母羊高一声低一声地对唱。

徒步了一整天，傍晚时分开始往谷底走，肉体的滞重，带来了精神的轻松。到了悬崖之下，猛然又想起那一对羊母子，不知它们是否脱离了困境？再拿出照相机用200倍的镜头往崖壁上搜索，哦，羊还在，只是它们已不再咩叫，也许是再无气力，徒劳的努力，终于让我们明白有些事不是尽力了就一定会有结果。

金阳西坠，山谷一片玫红，有风从山岭一侧掠过，一只母羊和一只小羊，伫立在夕光中，一任寒风扯动它们颌下的一缕胡子，我知道今晚它们必须坚持在这里，而太阳明天会照常升起。

骨头的妙响

这是一个初雪的傍晚，一切都隐伏在雪的背后，不动声色的风由山梁蹭过，尖利的山脊便发出“嗡”的一声锐响，像是谁的手指在拭着刀刃的钢火。也就是在这个时候厚重暗蓝的天空被最后的天光忽然撕得很薄，并有一层微微的白色在颤动，不知怎么，我一下就想到了“天空像笛膜”这样的句子。

这也许是进驻帕米尔高原之后，一直在我的心头盘绕不去的笛声引发我闪电式的联想，而后天空就朝着黑暗大步走去，而奇怪的是，在心谷呜咽不去的笛声也渐渐远了，心中的静默比天空更加瘆人。那一夜我无法安

眠，我知道塔吉克人的帐篷里，与马鞭、火枪一样备受尊崇的鹰笛一同被悬挂在最重要的梁柱上，悄无声息但一如马鞭可以随时发出啸叫，火枪可以爆出怒吼，鹰笛同样可以鸣出不可比拟的妙响，这些响器此刻安详而宁静，只有它们骨骼粗大的主人，在用不紧不慢的鼾声，抵抗着夜色的压迫。

声响是什么东西？那些被制造出的声响，在离开人之后，是否就消失了呢？我想声音这种物质也是不灭的，只不过它飞离了我们，我们的耳朵，不能再捕捉到哪怕一丝回应而已。假如你天生就是个聋子，是否能说这世界根本就不存在声响呢？

一块风动的山石跌落山崖，隆隆的震响一定释放了它一生的能量；湍急的河水，击掌的大滔，定然在它的轰轰然中强化了坚韧的个性；嘚嘚的马蹄声，从草原的这头奏向那头，那些草的根须在马蹄的松动之后，便向下钻去，蹄声像是水或养分，没有马蹄的草原极容易枯萎。那么鹰笛是什么？

你很难想象，一条汉子，握一根响笛，在马背上摇荡会是怎样一幅景象。但这与江南的牧童横笛于牛背之上，将满眼的春雾吹得半开半合，肯定有着本质的不同。牧童的安恬与甜美，正好是塔吉克汉子的狂悍和沉毅，一根笛，犹如枪和火枪。击发的时候，枪的秀雅与火枪的旷烈各代表了他们的血统。

笛，该是人类最早的器乐之一。古人以竹为笛，悠悠扬扬了几千年哀愁，西洋人以金属白铜为笛，凄凄婉婉了几世纪幽怨。笛这种响器，不管吹多么欢快的曲子，总摆脱不了一种哀伤和抑郁的情调，而鹰笛则是取帕米尔高原特有的金雕的硕壮腿骨所制。那是不长的一段，也只有手指粗细，很均匀地被凿出了五个小孔，其声少了点竹木的缠绵，亦少了点金属的刚悍。它就像在肉体的深处，被激发出的歌声，底蕴深远而声波亮丽，况且这是骨头里发出的声音啊！那些能够替代骨髓的东西该是怎样的温暖而具有活力。

因此，我不得不认为，竹子、白铜的乐声是毫无生命力而言的，那不过是人们有技巧地使用了它们，让它们模拟鸟的歌喉来取悦耳朵，只有鹰笛才具备了灵性，让你觉得高原的每一纤毫都有着笛声的质感。

那天早晨我醒来的时候，比阳光更早抵达的不知是否为鹰笛。雪霁的天空有金雕拍击着纯净的空旷，我知道，没有金雕的时候，鹰笛便会直上苍穹；上山的时候，没有了道路，鹰笛也会蜿蜒而去，在山的夹峙中愈来愈高。

在海拔6730米对一只苍蝇的崇敬

我以为一切应该过去了。但车窗外状如莲花般的雪峰依然排列有序,圣洁而清芬。我们已在这样的群山中穿行了十多个小时,目光所及的远方,那座更高的雪峰闪烁着无与伦比的白光。这时我想到了一个词:犬牙。而我立刻也想到了犬牙不会有这么白亮。我知道我们将奔它而去,而且还要翻过它。

我以为一切应该过去了。而现实中一切都没有过去。我头痛欲裂,口唇青紫,眼珠向外挣仿佛随时要夺眶而出;心跳铿然,隔着厚厚的防寒服,仍然清晰地听到它激烈的节奏,好像节目的达甫鼓声。而我于恍惚中确信,我们是在向佛的世界挺进。

进入西藏大致四条路径可行：川藏路、滇藏路、青藏路和新藏路，其中最为艰险、最为恶劣、最为恐怖的当属新藏路。新藏路蜿蜒于海拔平均4500米的群山之中，喀喇昆仑山结、冈底斯山结、喜马拉雅山结，这些世界上最高的山脉，集合在一起，纠结在一起，像是在预谋着改变世界上的大事。正像一百年前的斯坦因描绘的那样：昆仑山与喜马拉雅山相会的地区好像一首由雄奇高大的雪山、巨大的冰川以及为低矮、狭窄的峡谷切得光秃的岩石组成的和谐的史诗。正是在这和谐如史诗的地方，斯坦因被冻掉了两根脚趾。

现在是5月，一场新雪使碎石的道路看上去平坦了许多，而被前面的轮胎辗黑的雪，在无限的白中更显得醒目而绵绵无疆。

前方最高那座雪峰的所在便是著名的界山达坂。它是新疆和西藏地理上的分界点，海拔6730米。在这之前，我们已翻越了海拔在4000米—5000米之间的库地达坂。

我知道所有人和我一样在咬牙忍耐着。上得此山，便意味着对肉体和精神双重的考验。人的韧性和隐忍，使人变得不同寻常起来，使人相信种植于肉体中的思想，是那样的强有力，它控制着你，强迫着你，面对痛苦与困厄，面对绝望甚至死亡，都表现出人的尊严。

有人开始把毛巾紧紧系在额头，以减轻脑袋膨胀爆炸般的疼痛，也有人拿出袋装氧气把管子插在鼻孔里。司机把音乐声音降到最小，而我则把黑乎乎的酸梅干果塞在嘴里咀嚼，上山前我的朋友说酸梅对付高山反应有奇效，办法是土点，但管用。而此刻，不知是太酸，还是别的原因，胃一阵一阵痉挛，想要让我一吐为快。我强忍着，用手顶着胃，不让肚腹有空间。我的兜里装着专门用来对付高山反应的特效药，但我不想马上用它，我似乎在观察我自己，想看看到底能坚持多久。我在默默数着心率，平常每分钟60—100次的心跳，此刻骤然升至每分钟100—160次，而呼吸也不太顺畅，我知道这里的氧气只有平常的70%甚至50%。从来没有像今天这样，那样渴望能够自由顺畅地呼吸，仿佛谁用双手紧紧扼住了我的脖子，我得用很大的劲，才能从绝少的缝隙中偷得一点气息。

有谁认真想过，我们须臾不可离的空气，它是那样虚幻而又那样真实。在我们想它和不想它的时候，它都存在，你不能对它招之即来亦不能挥之即去；你喜欢它的时候，它不能多给你一分，你讨厌它的时候，打它、骂它都无济于事，它不会离开你半步。我们可以用许多比喻来形容空气，而空气就是空气，在你无偿使用它，对大自然的慷慨熟视无睹甚至淡忘的时候，你有过感恩吗？事实上，最亲密、最离不开、最至关生命的，也是最易淡忘、最不会被认真对待的。

谁若是对空气充满感恩之心，谁若是能常常想起空气的诸多好处，谁若是张大鼻腔扩开胸怀深深呼吸的时候，能发现我们的呼和吸的内容是同一种，而且命运无论如何改变，不管身处何方，更不论贵贱，能让我们活下去的东西其实只要简单的一种，那么，就说明谁已经开始有所悟并有所珍视曾经拥有过的一切。

汽车还在爬升。那些昆仑山特有的云，不知何时聚集在山峰的四周，像是聆听苍颜皓首的智者在布道，气氛肃穆而阴鸷；金雕在远处旋翔，在山峰与山峰之间旋翔，在我们视野的下方旋翔，我们好像飞上了天，而金雕却像在地上散步。

我努力强迫自己不要在这个时候睡去，这一睡也许永远就不能再醒来。指甲深深嵌进掌心，发出寂静的声音。愈来愈接近达坂的顶端，接近峰巅时的疲惫和亢奋让人无端地想流泪。由此对高度也有了别样的理解，这不是你能说来就来的地方，这也不是适合你生存的地方。谁拥有了这里，谁就拥有了高度；谁的高度就是谁的福分，就是谁的命。

在不是你的高度你只能硬撑着，在不是你的领域你只能用尽心智。高处不胜寒，高处也不胜惨。我听到了汽车轮胎和气体打火机在不同时间不同高度的爆炸声——那是高海拔气压改变所致。我从别人的脸上凸出的眼球、乌青的嘴唇以及很快翕动的鼻翼，看到我自己的形象。

而在那里，路的一侧，在我还没有完全做好思想准备的情况下，一个重要的标志一闪就过去了。那是斜斜栽在地上的一个石碑，旁边立着一个木柱，上面斜拉着无数的线绳，线绳上则挂满了五颜六色的经幡，后来我知道那也叫风马旗，那是藏族人祈福禳灾的一种方式，风马旗破旧而颜色黯淡，被风吟诵的经句却散布在我们无法看到的地方。石碑上镌刻着界山达坂6730米的字样，用红油漆描过，很是醒目。这是不经意间的跨越，原先准备了很多的情绪，很多的设想，这会儿都用不上了。西藏阿里，就这样突然闯进了我的视野，以至于让我误认为是幻觉。

100年前，当从山脊俯视西藏时，斯坦因的叙述中充满了激情的荣耀和欢愉："自从站在慕士塔格峰斜坡上以来，再也没有给我留下如此深刻印象的壮观景色了。"

而那一刻，西藏阿里呈现在我面前的那一刻，我没有丝毫斯坦因式的欢愉，有的只是侥幸，甚至于悲壮。

越过了最高点，西藏在拥抱我。就在那一刻，我发现了它，发现了一只在车窗玻璃的一角的苍蝇。显然这是一只来自昆仑山脚下叶城绿洲的苍蝇，它明显带着那个富足的农业区所特有的从容和警觉。它不知何时打入我们的内部，与我们混为一谈。就在刚才，我欲死欲活、窒闷难挨的时候，我已经听到了它发出的嗡嗡声，但那时我以为是我的脑袋有问题，或者气压太低形成的耳鸣。

苍蝇平静之极。看来它并不急于要出去，有暖气的空间里，还有抒情的音乐，并不是每一只苍蝇都有这样的福分。我的脆弱、我的可怕的模样、我的狼狈，它都一览无余地目睹了，而且是在我毫无觉察的情况下，这真让我没面子。

这只翅膀带有淡红条纹的苍蝇，像是穿着燕尾服的绅士，动作优雅而有教养，它不停地搓动着双手，似乎在思考一个深奥的问题，或者有点跃跃欲试的感觉，它手臂上淡蓝色的刚毛，表明它十分健壮、有力，而它美丽的复眼，细小的特殊结构的网格，在不同的角度烁动着斑斓的光束。

我被那一刻的苍蝇迷住了。我从来没有这样仔细观察过一只苍蝇，我承认我、我们对苍蝇都知之甚少，还没有它对我们熟稔。它是和我一同跨越了一个高度，一个极限的生灵，它和我有了某种不解的缘分，而我真正不敢小觑它。我想我曾经有过的挣扎、恐惧、绝望，它都不会有的，如果有，那也是我们强加于它的。

汽车的前行，让海拔不断地降低，这一次的下降是为下一次的爬升做准备。不过，扼在我脖子上的手似乎松开了点，有氧的脑袋似乎就活泛起来。那只苍蝇和我结伴而行，我们一同步入西藏阿里。我能平静如苍蝇吗？

我以为一切应该过去了。

苍蝇　苍蝇

没有人会喜欢苍蝇。

这个来自肮脏角落的肮脏的东西，整天在人的耳边嘤嘤嗡嗡地骚搅，和所有的烦心事一样，挥之不去，不召即来。没有人会把它当回事，无视它的存在并不难，难的是不管你是帝王还是贱民，也无论你是拥有百万千万富可敌国的大人物还是一文不名的小人物，都避免不了与苍蝇遭遇，遭遇苍蝇就如同遭遇亲人一样，苍蝇无处不在。

简直想象不出在我们这个星球上，还有什么地方找不见它的身影，一位九死一生从罗布泊探险回来的人告

诉我，六月的罗布泊地表温度在七十度以上，地上随便放一个生鸡蛋，一会儿就烫熟了，真正是天无飞鸟，地绝走兽，一切生命的迹象都销声匿迹。可是在他昏倒在地，命若游丝之际，一只苍蝇竟然爬进了他大张着的焦渴万分的嘴巴，下意识中他猛地闭上了嘴，他真真切切地告诉我苍蝇是甜的，我不敢肯定是不是一只苍蝇救了他的命，但至少可以说明在我们认为生命最不可能存在的地方，苍蝇照样可以神出鬼没。我曾经写过一篇文章《在海拔6730米对一只苍蝇的崇敬》，讲的是此生我抵达海拔最高的达坂——新疆和西藏交界处的界山达坂，我们一车人因强烈的高山反应面色死灰，头疼欲裂，寻死觅活狼狈不堪的时候，一只在车窗玻璃上翔舞不止的苍蝇，有着美丽复眼和华丽翅膀的苍蝇，用它轻盈的舞姿宣示着生命的顽强，用它单调的歌吟唱出活着的复杂意义。从那时起我就一直在寻找比苍蝇更有适应能力的东西，但我找不到，它可以在豪华的五星级酒店面对情人的幽会作壁上观，也可以在一堆恶臭的垃圾上闹哄哄地玩耍，没有人听说过苍蝇会得什么病，这个被定罪为传染病的传播者的小东西，自身怎么就不被传染呢？我不能不佩服它的超强生命力，对一只苍蝇的崇敬，就是对我们自身的懦弱的鄙视，在生命的禁区，难道不应该对一切从容的生命报以崇敬吗？

没有人会注意苍蝇。

不知道是否有人研究过，地球上先有人呢，还是先有苍蝇？我想肯定早我们人类诞生之前，也就是所谓的高级生物出现之前，这个星球上就已经回荡着苍蝇们乱糟糟的嘤嗡，在那个无序的洪荒时代，这个古老的物种，以它的众多数量和不讲规则的生存方式，当然更重要的是无与伦比的应对能力，印证着适者生存的古老命题。

到底是苍蝇霸占了我们的星球，还是人类侵占了苍蝇的领地？当我们人类的总数已达60亿之多，中国人口突破14亿的时候，苍蝇们没有惊慌，它们保持着必要克制，聪明的人可以通过各种方式统计出人类的总数，但无法掌握苍蝇们确切的数量，不用说苍蝇要比我们多得多，这世界上绝不少于我们人类数量的物种多得去了，比如老鼠、蚊子、蚂蚁之类这些我们最不齿的东西，它们用不着鼓励生育，也决不会计划生育。它们与我们共同分享着这个世界，不要说世界是属于我们的，也一定是属于它们的，而且更加朝气蓬勃，充满活力。

我敢说没有几个人目睹过苍蝇的壮举。

那是在一个炎热的夏天，七月的南疆喀什。如果有人要我概括出此刻喀什最显著的特点，我会毫不犹豫地说:苍蝇多。我无意贬损这座伟大的有着辉煌文化和历史的古老城市,相反正因为有了这些已经存在了几千年的苍蝇,才让这座愈来愈现代化,在愈来愈没有特色的城市中保持了些许原生态的意味。这座远离海洋的中亚内陆城市,和中亚所有的地方一样,因降水量稀少,而尘土飞扬,土地的颜色和阳光一样强烈,空气中细微的颗粒拥挤而明亮,苍蝇穿行于这密度很大的空气中,发出几乎不易觉察的声响,它们完全就是这空气的一部分,这种略显黏稠的空气,才是中亚地区特有的。

你不能确定这些苍蝇昨天才有,还是从远古而来,一粒苍蝇跨越时空似乎并不太难,嗡的一声只需划过一道黑线,就来去无踪了。它们戴着头盔,身着铠甲,一个个神气活现的,这时候它们好像很洁净,已经超越了一般现实意义上的苍蝇,而是有着某种历史感。在喀什,苍蝇落在哪里,哪里就有了沧桑感,苍蝇飞向哪里,哪里就一片空茫。

在果园里待客,是喀什的一大特色。果园里的阴凉和幽静是无须刻意营造的氛围,很适合围坐在一棵树下聊些无关紧要的事,用不着仰起脸就可以感觉到,树叶下挤挤挨挨的果子,向人们宣称一切皆唾手可得。这是一片巨大的杏园,正是果熟时节,梢头一些无人攀摘而早已熟透的红杏，忍不住就坠落下来，兀自打破了如水一般的宁静，溅起一片甜丝丝的气息。

第一盘切开的西瓜带着甘洌的气息挑衅着鲜杏的嫣红，也让苍蝇们循味而至，先是三两只，作盘旋状，似在高空侦察，俄顷，不知从哪些角落和方位钻出的苍蝇们开始向这里集结。它们很亢奋，一个个摩拳擦掌的，因为它们知道，从一盘盘水果起头的盛宴，会是很有规格的，比瓜果更喷香诱人的东西紧接着就会上来！苍蝇们在我们四周环舞，试探性地跳在水果上又马上逃离，倒是在座的几位领导显得从容而大度，其中之一调侃说：这是谁养的苍蝇，这么不懂规矩？赶紧带走！

苍蝇听不懂他说些什么，或者并不理会他的调侃，随着热菜和烤羊肉串被端上来，苍蝇们激动万分，空气中充塞着它们振翅的声波，密集而迅捷，仿若美军的B-52轰炸机群，远远地就形成了某种威慑，有大胆的开始偷袭，直取那冒着鲜香气味的肉块，但即刻就飞跳开，显然是被烫着了；酒的气息开始从每个人面前弥散，酒很容易让人冲动，进入到另一种境界，同样也会让苍蝇冲动，进入到非理智的境地，有的开始俯冲，不管不顾地降落到菜碟中，有的被汤汁打湿了翅膀，翅翼贴在了身上，像被剥去了衣衫的老妪，踉踉跄跄地挣扎，在所有的飞翔者中，并不是雄鹰被剪掉了翅膀才显得虎落平阳，英雄气短，苍蝇何尝不是呢?

烤全羊上来了，羊变成了金黄色，油亮的色泽和羊完整的造型，颠覆着习惯中对食物的想象，人的眼睛一下子亮了许多，而苍蝇忽然也多了起来，原先只听说蜂狂蝶乱，现在才知道真正乱的是苍蝇，唯其乱才显得有规模，唯其乱才让人不知所措。乱跌乱撞的苍蝇，此刻开始围歼这只烤全羊，就像电视剧中的日本鬼子在攻占一个战略高地，黑压压地全扑了上来，我知道照这样发展下去，这桌红绿相间、色彩斑斓的佳肴，特别是那只金色耀目的烤全羊肉，很快就会变成黑色，就像涂抹了一层颜色。

人总是有办法的，有人不知从什么地方弄来一柄黑白两色的牦牛尾巴，就像道士手中的拂尘，她站起来优雅地挥舞着，驱赶那些讨厌的苍蝇。这一位40多岁的女士，戴一副眼镜，面皮白净，在大学时肯定是一个性格内向、品学兼优的学生，从我们坐在树下开始，她就忙前忙后的，很少说话，把每个人都照顾到而又不失分寸。现在她就只能站在桌旁，一刻不停地舞动着手中的牦牛尾巴，但动作的韵律感渐渐失去，她让这混乱的苍蝇搅得有些忙乱，额头上沁出一片亮晶晶的细汗。

苍蝇们全然不怕那么多，照样我行我素，它们才不管在座的是什么人，官有多高，权有多大，跺一脚整个城市是否会颤动，苍蝇们藐视一切法则，在你们人类看来必须遵守的礼仪，对首长必要的尊重甚至毕恭毕敬是多么的可笑，就不买你们的账，你们认为的神圣不可侵犯的东西，是多么荒谬，你们就不能被打扰吗？你们究竟有多么了不起？你们的尊贵伟大慷慨就不能容忍苍蝇们的行径？但有你们吃的就必须有苍蝇一口，绝大部分都是你们的，苍蝇的要求只不过一点点，万分之一都不到，人的一口吃食可以救多少苍蝇于水火，不给就抢，就偷，你们能奈何苍蝇什么？正所谓无知者无畏，无畏者无敌。

女士挥舞的频率快了起来，这反而激起了苍蝇们的斗志，有的躲过牦牛尾巴的直接打击，迂回到一些不易觉察的死角，或者干脆落在你不便于击打的地方，搔首弄姿，让你投鼠忌器。苍蝇的聪明就在于知道如何避实就虚，与渺小的苍蝇相比，所有的东西都是强大的，渺小的苍蝇用渺小的计谋就占得了先机。对于生命的挥霍，是为了让生命最大限度地释放，把漫长的过程浓缩到一瞬间。

苍蝇是不怕死的。苍蝇从来不会衡量到底是生命珍贵，还是一顿美味重要，但苍蝇决不会因为有生命的危险而放弃对珍馐的追逐，而且在苍蝇的眼里，所有可以果腹的东西都是美味，都是珍馐，也不管是香的还是臭的，它们勃勃的欲望，对食物永无止境的渴求，难道不是另一种生存的态度吗？

从没见过一只多愁善感的苍蝇，我看到的苍蝇总是充满了快乐，它们哼鸣着舞蹈着，掠过美女的眉梢，追随莽夫的汗腥，快乐的巅峰就是无所顾忌，肆无忌惮。我们有过真正的欢乐吗？我们的一生是否曾经有过一次达到这种快乐巅峰的状态？可怜的人，我们动辄感怀，悲悯之心长生，怜惜之情常有，而实际上我们连一只苍蝇都不如，我们连可怜自己都不知道，难道还不可怜吗？一只苍蝇可能搞坏了我们的心情，而不会有谁能让苍蝇愁绪万千，快乐的苍蝇会一直快乐下去，我们却要一直痛苦下去，对于我们来说，快乐是一时的，痛苦是永远的，那么苍蝇呢？

在这里，苍蝇改变了我对苍蝇的看法，也改变了我对一些事物的判断，比如对一个人的思考或者对一座城市的印象。

这是一个循环，至少有着某种因果的联系，我们的到来，导致了苍蝇全民的总动员，苍蝇们的疯狂，就导致了女士自始至终不停地挥舞，而最终形成的格局是:我们无奈地吃着,苍蝇忙乱地飞着,她茫然地站着。

一根手指两匹狼

修车的扳子哐啷一声掉在地上，声音在群山中次第回响。这已经是疤儿杨第三次掉扳手了。疤儿杨的右手只有4根手指，难怪他修车这么不顺手，少了一指的协同作战，轮到谁都不会太利索的。

就在刚才，不服气的疤儿杨总想超过前面那辆装甲运兵车，运兵车卷起的漫天尘沙，让我们吃尽了苦头，可是就在我们差点超车的一瞬，疤儿杨的东风卡车像突然犯了哮喘一样，发出一串难听的噗噗声，而车自然也就慢了下来，坐在运车兵上的几个小兵，竟然冲着我们打了一声尖厉的口哨。

疤儿杨很懊恼，嘴里骂了一声，提了扳手站在车头前，那情形就像面对一个不争气的孩子。疤儿杨是个40来岁的汉子，在阿里已经开了20年以上的车，他的面色阴郁，从耳朵到下巴有一条刺刺啦啦的疤痕，仿佛是被剥掉的一块树皮，疤儿杨说他有个藏族名字叫昂措，好像是什么湖的意思，但他更喜欢别人叫他疤儿杨。

疤儿杨招呼我上车，说到前面去看看他的墓。他的墓？他自己的墓？望着他沉郁的脸，我没敢多问。汽车闷吼着爬上康西瓦达坂，在路的右侧，我知道有一大片坟茔，那是40多年前中印之战我方阵亡将士的墓园。远远地已经可以看到一排排灰白色的墓碑和一座形制古板的纪念碑。

但是疤儿杨没有把车头调向陵园，只是停了一下车，点了一支烟猛吸了两口，把烟竖直了，对着那片灰白的建筑遥拜了三下，然后把烟插在路边的虚土里，跳上车加速向前开去。显然他说的墓和我理解的墓是两回事。疤儿杨让我给他点支烟，在我眼前晃动着少了无名指的右手，我发现断肢的茬口参差不齐，像一根烂萝卜，我知道疤儿杨要讲他的故事了。

疤儿杨单独跑车是在开车的第二年，那时他还不满20岁。跟着师傅跑了一年车，从叶城到狮泉河的这1000

多公里路，他已熟记于心。那年秋天时间长，草都泛黄了还没有下大雪，他决定在大雪封山前再跑两趟车。一大早他从30里营房出来，很快就翻过了康西瓦达坂，可是下了达坂车就不断出问题，停停走走的总不利索，他想起师傅曾告诉他的，路过康西瓦陵园，一定要拜祭一番，可是今天前面太顺利了，一高兴就把这茬事给忘了。他隐约觉得报应该来了，按这样的速度，这晚住到日土只能是做梦。

过甜水海时天空还蓝得发青，可只有一会儿工夫，阿里特有的云就不知从哪儿跑出来堆满了西面的半边天空，云和云的缝隙间都被太阳镶上了金红的边，就像藏族妇女的披肩上缝缀的水貂皮。他知道这样的云和这样的颜色是可怕的，暴风雪总是藏匿其中。

天色很快就暗淡下来，他不得不打开车灯，小心择路而行。而偏偏车又抛锚了，在一个半山坡，不上不下的，就像那一刻他的心。

疤儿杨拎着一柄长把儿起子，打开引擎盖子，把头探进去，这时一朵雪花的冰凉落在他的后脖梗子上，他打了个寒战。车灯下，密密匝匝的雪花已乱作一团，倏地，好像还有一条黑影闪过。他感到有些不对头的当口，双肩已被不轻不重地按住，不好！他心中一震，并不回头，而是把那柄长把起子向身后狠命捅去，随着一声可怕的嗥叫，一个重物被狠狠摔在地上，重物离去的刹那间，他感到右耳一侧的脸颊被撕裂了。几乎是同时，他的攥起子的右手感到突然钻心的剧疼，起子就在那一刻当啷飞了出去，也就是在那时他发现无名指没有了，只剩下血肉模糊的那一截根梢，手的样子像是猜拳被藏起了一指，只是灼烫的血一下子喷溅出来。

疤儿杨打倒了一匹狼，却遭到了另一匹狼的偷袭，而所有的事情都是在一瞬间完成的。顾不了许多的疤儿杨，迅速跳上车紧闭车门，因为他不知道来了多少狼。他紧张地环顾四野，但稠密的雪花并不能让他有更清晰的视野。他听到了一声长嗥，那声音绵长而有力，仿佛把雪幕撕开了一道口子，雪愈加疯狂地扑下来。他也看到不远处两点绿莹莹的光在游移，他知道那是一匹狼，是偷走了他手指的那个家伙！

失去了同伴的狼，变得有勇无谋。疤儿杨最怕它的长嗥招来更多的狼，那样就难以应对了。但狼的长嗥似乎不是在求援，而是在哀诔，它围着同伴的尸首转了那么几圈，便昂起头来长嗥几声。疤儿杨庆幸自己的反应快，否则倒在雪地上的就不是狼而是自己了。

“托”的一声，狼非常轻捷地就跃上了车头，隔着车

窗玻璃，像是要看清究竟是什么样的一个人置它的同伴于死地。疤儿杨猛地揿住汽车喇叭，一声狼从来没有听过的长鸣，让狼迅速消失。而只有一会儿，狼又转了回来，绿莹莹的两点在逼近汽车，又是一声遽然的长鸣，狼即刻远遁。如此反复多次，就像《黔之驴》中听到驴吼的老虎，已经知道黔驴技穷。狼已不再害怕这大怪物的鸣叫，径直又跳上车头，而疤儿杨也不再打那无济于事的喇叭，假如电耗尽了就别想走了。这个地方好像叫死人沟，该不会让他再次验证这个地名的准确。

满怀仇恨的狼开始用前爪狠命拍打窗玻璃，隔着一层玻璃的疤儿杨看到狼的肚子上甩耷着空空荡荡的乳袋。这是一匹母狼，一匹刚刚失去了丈夫，而家里还有嗷嗷待哺狼崽的母狼。今晚，母狼势在必得！在前爪拍打没能奏效的情况下，母狼开始用头来撞击。疤儿杨从小就听说过狼是铁头、铜腿、豆腐腰。狼的头是最结实的，果然，母狼的头撞上来，就像石块砸下来。疤儿杨紧张了，手上脸上热辣辣的伤疼似乎已消失了，他攥紧一把吃瓜用的英吉沙匕首，决心拼死一搏。

母狼的头撞击玻璃的声音很沉闷，但却可以明显感到其蕴藉的劲道，几声之下，窗玻璃已经出现裂纹，在必然的撞击之下，在疤儿杨心中祈祷千万不要破、千万不要破的当口，挡风玻璃砉地被撞出一个洞，母狼的脑袋也冲了进来，就像手指捅破了纸，露出指尖一样。母狼大概也没有料到会是这样的结果，锋利的玻璃的边缘让母狼破了相，脖子也被玻璃卡住了，进退不得。被吓坏的疤儿杨只愣了一下就迅速反应过来，他迎着狼的头扑过去，用工作服包住乱嗥乱咬的狼头，让它成为瞎子，而那把英吉沙匕首则让他的工作服千疮百孔……

疤儿杨在讲完他的故事时，特别强调母狼的嘴真臭，随着嗥吼喷出的热气有一种高度腐烂和血腥混合的味道，他一辈子都不会忘记，每次回想起来，都有要呕吐的感觉。

疤儿杨在半山坡停了车，让我随他走。在路边的坡下，他指着一个不起眼的小土包告诉我，狼，还有他的手指都葬在那儿。走上前，我看到了不大的土包，被黑色的几块石头镇着，表明它和一般的土包有所不同。疤儿杨点燃一支烟，也像对康西瓦达坂的陵园祭拜一样，把那支烟放了上去。

我总在想，脱离了疤儿杨的那根手指，究竟是属于谁的？手指在狼的肚子里，这里是狼的墓还是手指的墓？疤儿杨因为脸上的疤和缺一根手指，在他可以当兵入伍的年龄却没能成为士兵，他是不是真的很恨那两匹毁了他一生的狼？两匹狼让他的一生充满传奇而又平平淡淡。

那个黄土的墓上，有一茎绒绒的草，疤儿杨说那是狼尾巴草，我却看它像一根手指，在风中摇摇摆摆的，不知是肯定还是在拒绝。

疤儿杨说，每次路过，都要来看看自己的墓。

人被狗咬的痛楚

这世上的许多事，很难说得清。也许是两件看似毫无关系的事，如果你仔细去想想，深究一下它们内在必然的规律，你就会对你的发现大吃一惊！原来随宇宙星体运作的万事万物，不管差别有多大，多么的风马牛不相及，实际上都有着千丝万缕的瓜葛，把所有的这些综合起来加以推敲，那些前世早已排定的事，不过是把意想不到分解成一个又一个，让你始终感到新鲜而不可思议，而冥冥之中安排这一切的大概就躲在你的身后，掩嘴吃吃而笑。在这里我无意宣讲什么宿命论，我要表述的是，既然活在这个世界上，彼与此，此与彼这些相互对应的东西，就像左手和右手，男人和女人，即使没有什么干系，也一定为对方的存在提供了参照，也必然为对方的行为设置了可能。

我的朋友J今天被狗咬了。而就在昨天晚上，我还大汗淋漓地大吃了一顿狗肉，至今嘴唇还有些上火的迹象。

在电话里听到朋友被狗咬的消息，这其实算不得什么特别了不起的事。可以想象得出，在听筒的另一端，朋友的小腿包扎着雪白的绷带，像战争时期的军人打着裹腿，被隐藏起来的伤口，两排整齐的被犬牙交错出来的烙印，记录着一次血的经历，随着她的讲话和呼吸，小腿肚子一跳一跳地肉疼。

J果然说很痛很痛。她之所以用这么一个叠加词来表明她此刻的感受，是因为精神的损伤，被狗惊吓出的魂魄还没有完全从半空收回来，肉体中缺少魂魄的把守巡视，自然对伤痛的侵入会格外敏感，针尖小的痛苦便会表现出斗大的不堪忍受。因此她的话的确没有多少夸张的成分。

开始我安慰甚至有些调侃她，但很快我便惴惴不安，好像J被狗咬是因我而起的，一种深深的内疚顿时弥漫了我的全身。

因为我忽然想起了昨天晚上我大吃大嚼的狗肉，在那片门脸不算很大的狗肉店的正墙上很有意思地写着这样一副对子：如果你被狗咬过就来这里报仇，如果你还没有被狗咬就先吃掉它们。

我想J被狗咬，是否狗的复仇？是应验了这副对子上的话，还是一种巧合？

人是一种很容易记仇的动物，好了伤疤忘了疼毕竟是少数，但像狗这样毫不掩饰明目张胆地很快就实施报复，则是罕见了。只有一点可以肯定，狗不用拐弯抹角，借刀伤人，它直来直去，认准了目标闷吼一声就扑上去，逮着一口就算大仇已报，这点大概比人强些。

昨天晚上我大嚼其肉，实际上已经不知咬了它们多少口，而J只挨了一口，如果按一报还一报的说法，J还大赚特赚了。人说狗咬人不是新闻，人咬狗才算新闻。其实现如今能被狗咬已非常不易了。真正意义上的狗，敢于咬人的狗，对人类怀有敌意的狗，千条里面也难寻一只。尤其是城市的狗，一个个变得温文尔雅，既有礼貌又懂事，不撕咬外人，更不会和主人反目成仇。对大多数狗来说，狗是人类的一部分，主人就是老爸、妈咪，咬人这不是犯上作乱，不忠不孝吗？狗在文明的时代变得很注意道德规范，良好的修养是每一只狗能否赢得社会尊重的首要条件。那么从这个意义上来看，现在能被狗咬，的确是一件幸运而可堪炫示的事。

在这里我无意用J的痛苦来证明我的说法，或者把她当成我写作的一种需要。可以想象在这个百万人的城市，今天被狗咬的可能只有J一个人，而无法统计有多少人。在这个大雪飘飞的冬天，吃狗肉喝烧酒，狗被变成一道道菜，或煮、或炙、或烹，再让人的牙齿一块一块地切割。但是，狗咬人仍然成不了新闻，人咬狗必然也没有成为新闻。

倒是有一点让人心里搁不下，那就是这条敢于咬人，咬J的这条狗，究竟有什么来历或背景，如果它是来自草原牧区护圈撵狼的牧羊犬那我就无话可说了，可是牧羊犬能待得惯城市吗？即使待住了，也会被汽车喇叭吓傻，懂得红绿灯规则，早已不是昔日的草原霸主了。

那么我只好推测，这个狗中好汉，一定是狗的变异，基因遗传中顽强地保留了狗甚至狼的某些凶猛，在它的心穴的灵地或者潜意识中，也一定埋下了对人的不信任，先祖被剥其皮、炖其肉的阴影，始终在脑壑里飘荡，对人的仇恨是与生俱来的。人的驯化可能在百分之九十九的狗身上奏效，只有一条，敢于咬J这条例外。

因而这条狗，便具有了特殊的意义。昨天晚上被我撕嚼的狗，和敢于咬J的这条狗究竟有什么关系呢？

那么，我在前一天晚上大吃了狗肉，第二天中午J被狗咬，自然也是可以理解的，谁让J是我的朋友呢？不咬你咬谁呢？其实狗不仅是在咬J，而是在咬人。

但是J始终搞不清也不愿承认，我吃狗肉和她被咬到底有多大联系，究竟我有多大错，连我自己都说不明道不白。我只好写下这篇文章，以了却我沉重的内疚之心，向J道歉，说声："I'm sorry.（抱歉。）"

但如果有一天我被狗咬了呢？

麻雀在冬天

我看麻雀总是飞不高的:不如鹰之飘逸,不如鹤之轻盈。乡村的麻雀,翅膀健劲,但因体态丰肥,嗉囊中又充满了谷子,自身的重量也就足以让它望青空而兴叹。而城市的麻雀,虽然个儿瘦俏轻灵,惜乎它的翅膀却落满了煤灰粉尘,被污染的羽翎,无论如何不能御风千里。天空,深不可测的天空,只能是猛禽们时刻准备占领而又永远占领不完的领域,那么麻雀对天空的向往,便多少显得有些动人。

古语有:燕雀安知鸿鹄之志。其实谁又知道麻雀之志呢?

冬天的麻雀，通常飞不过树梢高，最多从这个屋檐，弹向另一个屋檐。更多的情形是，随便撒落于雪地，这时你才发觉其黑——黑得醒目而不真实。它们不再喳喳乱叫的时候，你以为这是一片又冷又硬的石头。这些曾被惊吓，见了路人即刻远遁的小鸟，此时，有些呆滞地散乱于道上，毫无灵性，除非你快踩到它们头上，它们才往旁边跳那么两跳——证明它是活物。这并非它不怕人，或像鸽子一般被人驯熟，实在是因了天气的寒冷，因了地上的风小些，比大地更广阔的是天空，比天空更安全、更温暖的则是大地。想要改变某种生存方式的因素非常之多，比如季节的变化就是尤为重要的一种。在冬天，麻雀根本就不是麻雀。这时它消失了一切鸟的特征。没有叫声，是因为这可以节省一点体力，尽量少用翅膀，是因为在扇动中热量最易被风挟裹了去。

你看到的麻雀，绒绒的成为一团，收束紧翅梢，寻常少用的脚趾，被雪濯得通红，这让你想起在雪地里艰难寻找食物的鼠类，不被人厌恶，只让人可怜。但我们的这种怜悯，并非完全是对值得同情者而抛撒的，我们愈来愈少的慷慨，其实是它触动了我们的某些悱恻之心，麻雀犹如鸟类中的平民百姓，它太不起眼，活得艰难而快乐，拥有几粒谷子的幸福，远远超过占有万顷良田。容易满足是它们的普通心理。用不着分什么层次,彼此就可以容忍,混乱但和谐地成为一个群体。没有哪只高大出众而成为首领或被其他崇拜,它们民主平等得几乎没有老幼尊卑之分,但它们有自己的法则和纪律,那些以成群的面目出现的麻雀,它们的领地用不着圈定,也用不着防范谁的侵入,它具有兼容、消化和改变对象的能力。经过努力你可以成为像鹰那样的猛禽,但你并不能随便就成为麻雀——因为没有谁愿意被人视为俗,而雅的成分又是多少你不认为俗的俗物堆积而成的。真正的雅是后天可以成就的,而真正的俗是每个人先天就具备的。

再就是麻雀的琐碎，和我们芸芸众生何等相似,它的叫声、投足、振翅、梳理羽毛,以至于雌雄间的求欢,无不显示了一种漫长而坚韧的过程。琐碎其实是一种真实,只有琐碎的一切,能渗透所有坚硬感情的外壳而到达内部,犹如完整大块的坚冰不能通过土层抵达根的末梢,只有琐碎的水,才能轻易到达。

这么说来,琐碎该是一种幸福该是一种幸运啦！我们这些琐碎的人,干着琐碎的活,说着琐碎的话,做着琐碎的梦,想着琐碎的事。唯其琐碎才有了世界的完整,唯其繁复,才成全了世间伟大的简单。

而我们却在用这些琐碎，抵抗着来自外部的庞大,又用这些庞大来反观我们琐碎的内心。我们用琐碎防范着琐碎，使我们越来越琐碎下去，我们用琐碎支配琐碎，使我们琐碎地循环传递下去。我们可怜什么？我们对麻雀的怜悯，完全是出自对自身的同情。

都冬天了，麻雀还和我们保持着距离。不要以为落在地上的麻雀和我们在地上行走，就有多少瓜葛有多少必然联系。你能对麻雀赞叹什么？又能对麻雀批评什么？不要指望麻雀落在你的肩头，也不要想麻雀忽然占据你的窗台，用一连串的巧叫，将你从冬天的深眠唤回春天的苏醒。麻雀在冬天，实在是不容易的，我们不必要求什么。

有部电影《乌鸦与麻雀》，实在搞不懂乌鸦这种聒噪而又丑陋且充满了不祥气味的鸟，怎么硬让人把它和麻雀捏在了一块儿。乌鸦是介于鹰隼和麻雀之间的鸟儿。它没有鹰之超脱，亦缺少麻雀的庸俗，因而令人生厌。

而有麻雀和乌鸦为伍的时候，但那一定是在冬天。冬天的麻雀不是麻雀。只有远离冬天这个季节，麻雀才真正称之为麻雀。麻雀的飞临，定然带来谷子的丰收。而不幸，现在的确是冬天。

隔窗望雀

窗外有一棵健硕的榆树，它的枝丫间不知何时有了一个凌乱而模糊的鸟巢。几只麻雀进进出出的样子很像公司里忙碌的白领。

春天树绿了，窗外似乎也热闹了许多，但有树叶的遮蔽，看不很清，鸟的影子迅速而散乱，如果有一声特别的声响，鸟立刻噤声，静止的鸟仿佛结满枝头的果实。我很想知道鸟的家族现在怎样，从两只鸟筑起个巢，到现在也不过一年多，已经发展到了十几只，从那么小的一个窝里，繁衍出那样的一群，鸟的家实在是一个了不起的地方，麻雀也许比我们更懂得生命的意义，比我们更热爱生活。

一天，一只麻雀不知从什么通道进入了我密封的阳台，发现我它很惊慌，扑扇着翅膀，奋力撞向玻璃——它把玻璃当成了蓝天。这是一只雏鸟，喙边还有一圈嫩黄，绿豆一样圆溜溜的眼睛满是光影。像儿童一样充满好奇，雏鸟大概对我也充满了好奇，我不是一直在窥视它们吗？麻雀何尝不想窥视我、了解我？

相对那样一个人口众多、热闹非凡的麻雀家族，我的确显得有些形只影单，太过清静了些。这个人的家地面还算洁净，书桌永远是乱糟糟的，但书架上的书却码放齐整，这个人偶尔睡睡懒觉，大部分时间是在台灯下或苦思冥想或奋笔疾书，全然没有居家过日子的红火热闹劲儿。已经很多年了，这个人过着居有定所，而心灵却一直在漂泊的日子。对于家他有自己的理解，他知道家是一个可以自由进出而不用看谁的脸色的地方，是一个疲惫地进入而精神焕发走出去的地方，是一个在外面受到了伤害回来舔舐伤口的地方，是一个跌倒了可以让你重新爬起来的地方，最不济也是一个在外面喝醉了酒还能准确摸回来，在黑暗中钥匙能插进锁孔的地方。

很多人在劝这个人，结婚吧，结婚了就有了家。这个人不明白，结婚和家是一回事吗？难道不结婚的家就不

是家吗？一个人的家不算家？与窗外的麻雀之家相比，这个人的家内容好像不太丰富，也不够刺激，关键是没有日常的戏剧成分，但它仍然是个家，一所房子不管有多少人进出，只要它的门专门为一个人开合，这里就是他的家。

这个人在写完一篇文章的时候，总是在篇尾缀上成稿的地方：乌市公园南街家中。这与许多写作者的习惯相同，这是为了记住或纪念在一个叫家的地方，他曾经有过的精神之旅。

隔窗望雀，那些精力充沛、上下腾跃、吵闹不休、欢乐无边的麻雀，就是因为树叶掩映下的枝丫间，有一个凌乱而模糊的巢吗？

三条鱼的世界

那是三条鱼,鱼在水里的时候,才显得那样茫然和自足。这让你容易想到土壤和水的相似之处,那些植物的块根漫游于土地的深处,悠闲且凉爽,最终将抵达何处,实在也是未可预料的。

我是在餐厅的鱼缸里看到这三条鱼的。鱼缸是被用来做橱窗,镶嵌在阳光敞亮的那一面墙上。在我凝视这三条鱼的时候,它们也在睇视我,且眼睛决不一眨,圆而空洞的眼轮,竟也流露出一丝淡然的悲悯,我不知鱼是否也流泪,它的不停翕合的嘴,似乎在须边又挤出两道浅浅的笑纹。你很难捉摸鱼在想什么,此刻它的心情。

鱼很空灵地悬在水的中央，绝对如无所依的鸟翅，在澄明的空气中静止，鳞片在阳光下蓝森森地晃动，几近透明的身体，纤细的血脉很规则地分布着；它的步态舒缓而有气度，雍容中透出一种神秘的高贵。

但是——哪条鱼最漂亮，更能打动人或者体态适中，它就有可能首先被选中，打捞出来，在它的嘴还会一张一合的时候，被人加工熟了端上餐桌，活鱼宴要的就是这种新鲜和刺激！活鱼宴是人类发明的又一个表演生命坚韧的节目。

这些鱼也在用它们的美丽广播自己的死亡，是在用它们的标致吸引饕餮的刀叉，是在用它们的纯净招至污秽的牙齿，是在用它们的柔弱恭维人类的强悍，鱼是无知的。

但在死去之前，它们似乎很幸福，再不用在激流和狂浪中，为一粒吃食而四处奔波，再不会担心讨厌的水草缠绕鳍尾；也不用发愁温暖的居所会被谁抢占了去。它们在蓝玻璃匣子里，犹如我们住的玻璃大厦，阳光充足，空气纯净，夜晚灯光闪烁迷离，加氧泵在咕咕冒着小泡，这和我们的空调一样，尽量创造出一种人工的舒适和豪华。不是每条鱼都能享受到这样的待遇，不是每条鱼在死去之前都能领略一下人的生活，不是每条鱼都能聆听人间的妙乐和涉及隐私的交谈以及情人间的呢喃。

而那三条鱼暂时还存在，没有被哪位食客点了去。但它们彼此保持着距离，形体的语言没有一丝暧昧，虽然在到这里之前，可能它们并不是一家子，甚至可能彼此不相识。但异性很容易被接受，很快，你看那条尺寸最大，也最丰肥的鱼渐渐靠近那尾线条流畅，仪态柔曼的鱼，当然不是求爱，只是有好感的迹象；而另一条瘦鱼，被赶到一个角落，仿佛谁圈定了范围，它只在那一小块踌躇。

快要打烊了，还没有人要吃它们，生命延续到明天，是必定无疑了，鱼不会反抗，最多的可能是鱼刺戳破谁的喉咙，但这可能性极小。霓虹的彩灯把三条鱼装扮得有些不像鱼，倒像三只无援的手掌，摇摇摆摆搞不清是拒绝还是再见。

明天太阳升起的时候，有人会吃鱼吗？

时刻准备逃逸的马

像一个手工艺者，在半明半暗的天光下，精心编织着鞭子，粗硬的生皮条，编成麦穗的样子，沉甸甸的，仿佛经过六月最后的灌浆。还有笼头，这个掌控方向的东西，被装饰上红得耀目的璎络，在漂亮的外表下，隐匿着最终的目的。当然，少不了缰绳，柔韧的皮绳，冬眠中苏醒的蛇，在驾驭者的手中滑过，一场关于角逐的大戏，开启大幕。最后是铁马嚼，这根横亘于马口中的铁，让马说不出一句话，马柔软温热的舌，抵抗着铁的坚硬和冰冷，而坚定的铁厮磨着马的犹豫，马与铁最终结成的同盟，让马在岁月中超越一切奔跑。

这是为马准备好的一切。控制是人的最大愿望，控制速度，让人有了与时间同步的自信，时间的蹄音在山谷回荡，为马准备的一切，也是为时间准备的。

有了这些还远远不够。选上好的圆木，把围栏加高、加固，选上好的饲料、清水，让马儿衣食无忧，马厩芬芳，马儿康健，马才能安定。为那匹躁动不安的公马，选配几匹漂亮的母马，让人性的光芒，照耀马舍。

而马总是想逃逸。永不安分的马，根本不考虑借口，逃逸是与生俱来的，是生生不息的。一匹不想逃跑的马，是没有理想的马；一匹不能任意驰骋的马，是失败的马；一匹安于现状的马，是丧失了精神的马；一匹平静的马，是一匹对速度蔑视的马。

每个人的内心，都囚圈着一匹时刻准备逃逸的马。

悲情昭苏军马

放眼晴朗的昭苏都库尔草原，发现辽阔草原和海面非常接近，光线在没有遮挡的状况下会悄然弯曲，本来平坦的地平线或海平面却呈弧状地凸起，人的视野落在最高点上——那是草原与蓝天的对接处，犹如嘴唇，凸起的草原吻着下凹的天空，间不容发，至亲至爱。

就在那个最暧昧的高处，出现了一个黑点，逆光下你分辨不出具体是什么，接着又出现两三个，继而是一大群，仿佛是谁捅开了蚂蚁窝，一群黑蚂蚁蔓延开来，但且慢，我听到了大地传来的震颤声，犹如河底的巨石被暗涌推动，发出的低沉而持续的闷响。毫不知情的我们，不免有些诧异，是地震还是雷声？环顾四野，竟不知何故，而有经验的昭苏人在闻声的一刹那就能知道那是马群制造的声响，是马的蹄足在大地上擂出的激越鼓点。

刚才还是一片小黑点的移动之物，转瞬间已逼近眼前，一群烈鬃飞扬、裹挟着劲风、挟带着声响和热腾腾气息的马儿出现在视野，它们是以棕红色为主要色调的一群，就如统一着装的急行军的军人，目光清澈、步态轻盈，有力的响鼻和脆生生的嘶鸣，像是队列中的训令与应答。

它们的毛色油亮，皮肤光洁，鬃毛被剪得很短，像士兵可以看见头皮的整齐短发，干练而充满朝气，但最显眼的是，在每匹马浑圆的臀部都烙有"j"开头后面是一串阿拉伯数字的印记。有人告诉我那个"j"是军的第一个拼音字母，后面的数字代表连队编号，哦，原来这是一群军马。

早知道昭苏是天马的故乡，关于马可以搜罗到许多相关的讯息，可没想到就这样在毫无准备的情形下与大名鼎鼎的昭苏天马不期而遇了。当知道面前的是一群军马时，你的感觉便格外不同，马上从混乱中捕捉到了某种秩序，所有的马都紧随着几匹体格健壮的骏马，绝不随便僭越，几匹头马所选择的路径，便是所有马匹的方向，保持着高度的统一与协调，对人或者其他东西的影响视而不见，它们匀速奔跑着，与生俱来的坚韧使它们从容而自信。

这几天全国速度赛马正在昭苏举行，来自全国的骑马好手云集于此，自然你一生中都不可能见到的世界名马也挤满了马厩。高大魁岸的英纯血马，有着贵族式的矜持与冷漠，少与人交流，昂起的头与凸起的臀，表示对这个世界的不信任；阿拉伯马则有着特有的隐忍与克制，它们四肢修长、体态匀称、纤腰肥臀，火爆的脾性被温文尔雅的外表掩盖着，谁触怒了它就等于点燃了干柴下的烈火；产自日本的东洋大马，目空一切又小心翼翼；俄罗斯的顿河马，是个体态壮硕的家伙，最重的可达一吨，长鬃披散、蹄足宽大，仿佛是一个流浪汉，而之前，它的确是靠出卖体力拉火炮的辎重马；昭苏是汗血马的原产地，这是昂贵的马种，据说每匹价格都在一两千万人民币。抛开价格因素不论，我们得承认这是一种非常神奇的马，难怪当年汉武帝不惜用一匹与汗血马等身的黄金铸马与之交换。汗血马的漂亮是第一眼就会让你震惊的漂亮，尤其是它的眼睛，还没有见过哪个女人的能超过它，眼大自不必说，关键是清澈的眼窝里，流露着既非哀怨，也非欢喜，更非轻薄的复杂情感，能读懂一匹汗血马的眼睛，便能读懂这个世界；伊犁马应该是其中最不显眼的马了，既没有英纯马的矜持傲岸，也没有阿拉伯马的优美身形，既没有东洋马的狷狂霸气，也缺少顿河马的混沌气势，与高贵的汗血马相较，伊犁马更有平民的风采，朴素而健康，其他几种马大都以速度和爆发力著称，在标准周长为1200米的椭圆赛道上，90米至5000米之内，它们是风的形骸，从起步到达终点似乎交睫之间便可完成，而再跑下去它们就渐渐体力不支显出颓势了，只有伊犁马好像才刚刚放松开骨头，步履轻盈，蹄声清脆，节奏鲜明，如果说那些名马是田径短跑赛中的牙买加人博尔特，那么伊犁马就是马拉松赛中的肯尼亚人保罗·特加特，耐跑是决定伊犁马必然成为军马的先决条件，速度固然重要，但持续时间的长短才是赢得最终胜利的关键，可以说伊犁马就是为冷兵器战争而诞生的。

昭苏军马场，是国内为数不多的几个万匹军马场，多年来向部队输送了数万匹优良军马，书写了中国现代养马史极其璀璨的一页；昭苏军马场繁育的伊犁马在全国全疆的马术运动比赛中更是屡建战功，被誉为“天马”的伊犁马，确有翱翔于云天令人仰止的天赋。

但是，在这个核武器称雄的时代，所有冷兵器与博物馆里的旧石器时代的一枚削刮器已没什么太大的差别，尽管永远闪烁着令人生畏的寒光，锋刃依旧锐利，却显得那么不合时宜，而与这些致命武器共同构成杀戮的马匹，它所负载的光荣与梦想，早已成了传说中的传说，谁还需要马？谁还需要一匹英雄主义的军马？

军马作为冷兵器时代的骄子，必然被时代抛弃，可军马本身并没有错，它不知道自己已被边缘化，这些昔日战争的神器，依然挺立着粗壮的脖颈，训练有素的步幅永远控制在发力的最佳点，傲视群雄的目光睥睨着草原上的芸芸众生，生来就是为远方而矫健的，何必在意脚下的影子是什么颜色的？

坚持到最后的昭苏军马场，后整体移交，完成了它的历史使命。

现今的伊犁马，主要用于良种繁育，广泛使用马胚胎移植技术使它的薪火一直相传下去，还有孕马尿和孕马血清的采集都是以数吨为计，继而再制成药物，应该说是它们目前对人类最大的贡献。

当昭苏人自豪地告诉我昭苏有一万匹军马时，我的心中总涌出一种说不明道不白的情感。一道声如裂帛的马嘶从耳畔掠过，把我从万千思绪中拉回到眼前，那一群气宇赳赳的军马已攀上一道高坡，把它们的背影留给我，块状起伏的臀部，拖曳着飘逸的长尾，已经很远了，以"j"打头的联队编号，却愈发清晰。

大鸨飞去

有人介绍，塔城是新疆绿化率最高的城市。我颇不以为然，现今凡是冠以“最”字的事情，总让人保持莫名的警惕，尽管满眼的绿使塔城有了种漂浮感，在翠涛绿浪的簇拥下，整个城市仿佛都在微风中轻摇，但这样的韵律却又有一丝不真实，犹如站在岸边看水，风刮过来时，往往容易产生错觉，不能确定是水在流，还是岸在走。

第二天早晨是被鸟唤醒的。确切地说先是两只鸟的对话，后来又加入了群鸟的议论，那些沾着露水的话语，温婉而脆亮，就像当地塔塔尔少女的嗓音。拉开窗帘，就近的枝头上几只土百灵拉开了架势在斗嘴，圆而亮的眼睛在绿叶下间或一闪，充满了灵动；仔细聆听，更远处也似有似无地传来了不知名的鸟叫声，这些含混的鸣叫声里，只有布谷鸟的叫声保持了一种不变的从容，但那声音肯定来自某个隐秘之处，很是邈远而又有不小的回声，让你搞不清这片林子里究竟有多少鸟。

从各式鸟的鸣叫里，我忽然确信塔城的绿的确是真实的。你可以喊出一千个口号，做足一切虚假的文章，为了宣传的各种需要而夸大事实，但你骗不了鸟。有多少棵树，就会有多少只鸟，鸟是对一个地区绿化水平的最高评判，鸟是所有树木的灵魂，你不能想象空无一鸟的森林，还能称之为森林吗？我这些由鸟的鸣叫推及而出的判断，不知是否偏颇，我相信一个最简单的道理，林之不存，鸟将焉附？如果云是鹤的故乡，那么树该是鸟的什么？

去库鲁斯台草原，是我内心暗暗定下的寻鸟之旅。

库鲁斯台据说是中国第二大平原草原，新疆第一大优质草场，总面积达387万亩。因额敏河纵贯其间，形成了大片的湿地，以及连片次生野柳林，林地面积近7万亩，且许多树龄至少在300年以上。

无非是连绵不绝的草，无非是姿态各异的树，这些在新疆并不陌生的景观，已提不起我多大的兴趣，倒是库鲁斯台草原众多的野生动物让我心生向往，特别是大鸨，第一次听到它的故事，便产生了强烈的愿望想一睹芳容。

大鸨，也称地鹔，民间有种说法说它是天庭最尊贵的两种鸟之一，在天庭上它被称作天鹔，和天鹅一同是侍奉菩萨的神鸟，而菩萨尤其溺爱天鹔，备受宠爱的天鹔就有些不受约束、把持不住，每在菩萨讲经的时候高声喧哗、舞弄身形、旁若无人，扰乱了天界的清静与庄严，菩萨已多少有些不满。而发展到后来最让菩萨不能容忍的是，一只母鹔在大庭广众之下公然示爱，引诱了一只天鹅，众神一片哗然，菩萨震怒，责罚天鹔将其打入凡界。

你不是爱喧哗吗？从此变成哑巴，对谁也不能诉说。你不是爱舞弄吗？从此有翅不能高飞，再也别想回到天庭去，天鹔成了地鹔。你不是爱滥情吗？让你成为万鸟之妻。

全是骄纵惹的祸。由是而知，所有的轻佻与僭越皆为业障，而一切业障都是前世已定，这一只敢爱的鸟，只不过是一次大胆的放纵，只不过是一次不管不顾的献身，只不过是在不合时宜的地点和时间，做了一件不适宜的事，天鹔便遭此厄运，从万鸟之上的尊贵，成为万鸟之妻的淫贱。惩罚一个人最有效的方法就是把你犯的错放大一万倍，搞得无人不晓，天鹔既然滥情，就让所有的鸟皆可夫之。

天鹔在天界喜欢热闹，总是群聚，因为菩萨说“七”是一个吉祥的数字，它们每群便要凑足70只，被贬到凡间，仍然保持了这个习惯。初到凡界，无人识得此鸟，更没有名字，看到它们总是70只在一起，就把它们叫作七十鸟，后来有个有学问的人把七十与鸟合为一个字，用来命名它，就被称为大鸨。而一般人知道的“鸨”，却是旧时那些从事不良生意的主儿的特指，诸如“老鸨”或“鸨母”之类，人在作孽，却让大鸨背负恶名，鸨，是借了天鹔的标签，而又使这个词充满了邪恶。

现实中的大鸨，远比传说中的要洁净得多。库鲁斯台的大鸨属东方亚种，是鹤形目鸨科的大型地栖鸟类。说它是大型鸟类，是因为它有近1米的身长和十几公斤的体重，尤其是雄性，不但体魄健硕，而且在颏、喉及嘴角有长达十几厘米的白色纤羽，犹如关羽的美髯，飘逸而潇洒。大鸨是典型的草原鸟类，性耐寒、善奔走、不鸣叫，除了迁徙非万不得已不飞行，每年10月开始南迁，来年3月又迁来繁殖地。大鸨是一种保守而迷恋故地的鸟类，特别是雌鸟，就像恪守家训的妇女，有着传统的美德，最多在两个求偶场之间运动，表现出对求偶场的无比忠实，而雄性则频繁往来于各求偶场之间，这不能简单地说是风流成性，动物学家从遗传学的角度考量则十分赞同这种行为，因为这有利于保持种群遗传的多样性，而遗传多样性的丧失是人类赖以生存资源的永久丧失。

塔城人说库鲁斯台大鸨很多。我渴望能觅见它的踪迹，哪怕捡拾到它遗落的一茎翎毛，也足以令人兴奋，我知道这并非易事，但侥幸的心理一直存在，也许不经意间就一头撞见了在草地上迤逦而行的大鸨。而我也知道，像我们这样成群结队、大呼小叫的采风团，想要一睹大鸨真容，几乎没有可能，大鸨异常机警，人很难接近，甚至可以把它归为神经质的鸟类，如果它受到了惊扰，就很可能弃巢而去。大鸨是走禽，除了对一些天敌保持高度的警觉，恐怕就是对也是靠两条腿行走运动的人类这走兽避而远之，大鸨显然明白一个基本道理：要想好好活在库鲁斯台，就要躲开人类的视线，成为传说中的淫邪的鸟儿，总胜过现实中美好善良的鸟儿。

有人开始寻找大鸨的巢，从《动物世界》的纪录片中，大部分人了解了金雕或秃鹫这一类的猛禽，把巢建在大树的枝丫间，由此类推，像大鸨这样的巨型鸟类，鸟巢应该也建在树冠之上，况且库鲁斯台的野柳有不少树龄在300年以上，虬枝铁干、冠盖如云。但大鸨又一次让我们失望了，除了发现几个拳头大小的可能是斑鸠或土百灵的小窝，哪里有像巨大一口锅的巢黑黢黢地高悬在我们头顶。其实我们都搞错了，大鸨的巢非常简单，一般选在人迹罕至的僻静处，只要有低草或低作物就行，所谓的鸟巢不过是在地面上刨掘出一浅坑，并没有树枝一类的巢材，顶多把低草踩倒用作铺垫，这与我们人类不管是否尊贵之身，都妄想尊荣之府，有着多么大的区别。

大鸨在中国的种群数量曾经是相当丰富的，数十只的大群常见，近几十年，大鸨的数量锐减，已相当稀少，被列为国家一级重点保护动物，成为濒危的稀有物种。而我坚信库鲁斯台还有许多大鸨，生活在这里的人们，崇尚大自然，珍爱生命，在他们的呵护下，大鸨的族群或许会香火鼎盛，再现70只一群的壮观景象。

日暮将归，终不得与大鸨相逢，甚至没听见它的一声嘎哑之鸣，心中不免有些郁郁，惆怅之余倒也有些释怀，与我们难以谋面，从另一方面说明，在人的生活之外，它们也许过着更加恬静自由的日子，因为没有遭遇我们,此刻或许正在祈祷万幸。

车在崎岖的山路爬行,向着塔城方向。忽而有人大呼:快看,大鸨！众人皆把目光投向车窗外,但见夕照的背景下,一只鸡一般大小的鸟儿缓慢地向西飞去,逆光中的剪影只能看一个轮廓而不辨细节。是大鸨吗?尽管雄性与雌性大鸨体重相差甚巨,而我拒绝相信这就是大鸨,我想象中的大鸨,即便不能高飞,也一定是赳赳昂昂,默声高蹈,我心中的那一片天空,始终预留给它。

一根骨头的友谊

邻居家的小狗，说不上是什么品种，毛色焦黄，双耳直立，脑瓜子溜圆，双眼黑亮，乍一看有些像鹿犬，但身子却比鹿犬大出了近一倍，肯定不是什么血统纯正的名犬，杂种一枚耳。毛茸茸的一条尾巴，是它区分敌友的标志，见了你左摇右晃的，肯定是哥们，而见了你尾巴低扫，夹在两腿中间，那你就要小心它要对你不客气了。

这条小狗攻击性极强，不管是人还是其他的狗们从它附近途经，都会招致它的狂吠，不是一声两声，而是持续不断，有时它兴头上来了，还会冲上前对你驱赶。因此我每次进屋或者出门，都要被它用特殊的方式迎送，弄得全世界都知道，动静大得让人有些受不了。有几次忍不住对其呵斥，企图用人的声威压制住它，岂料适得其反，便遭遇了它更大的反弹，吠声顿时高了许多，嗓喉里居然还有些撕裂的爆破音，那情形够可怕的，好像我这么一个成人和一条小狗过不去似的，只好认输，抱头鼠窜而去。

一日应酬回来得稍晚，还没接近单元门口，便听到小狗闷着嗓子的呼声，心想别弄得动静太大，吵醒了睡梦中的邻居，明天大家可有的话聊了，正没招呢，忽然想起手中的打包袋里，有晚宴吃剩下的牛肉若干，羊排几根，情急之下，掏出羊排便朝着狗叫的方向投了过去，半空中都弥散着蒜香味，我想这回我都投之以李了，你总不能不报之以桃吧？果然，在羊排落地不久，小狗的叫声停息了，黑暗中传来了愉悦的咀嚼声。哼哼，我就不信了，见过不受贿赂的人，还没见过拒绝骨头的狗。我忍不住得胜般地冲着它打了一长一短的两声口哨。

第二天清早去上班，还没出单元门，就听到小狗的高一声低一声的吠叫，可待我的身影一出现，它的叫声便戛然而止了，连狗都知道吃别人的嘴短，我又冲着它打了一长一短的两声口哨，没想到它居然冲着我摇起了尾巴，我相信我已经和它化敌为友了，仔细想想，与这个世界的沟通其实有时很简单,只需几根骨头即可。

但从那以后,我也多了一份责任,每次出去应酬,都会给它带些犒赏回来,每次被人追问:你家养狗了?不好意思地解释是给邻家的狗。

一段时间,我很享受喂它骨头的过程,甚至有些迫不及待。每次见我回来的身影,它便摇曳着尾巴跳跃着奔向我,那感觉就仿佛是一个孩子盼到了迟迟才归的母亲。而我总要用一长一短的两声口哨回应它,或者算是我与它的约定,以至于到后来,不管我手里有没有吃的,只要我的两声口哨,它都会立马飞奔到我的跟前,速度之快,犹如一道黄色的闪电。

这条小狗其实是有名字的, 它的主人叫它崽崽,而我却叫它崽子,这个名字我极少叫,很多时候,两声口哨便解决了许多问题。也许是崽子太爱叫太吵的缘故,没有被关在家里圈养,而是随便散养,整天与小区的一群野狗厮混在一起,争食抢骨头,上墙下沟,野性愈发十足,只有到晚上了才回到自己的窝里。像所有有教养的狗一样, 被人豢养的狗和真正的流浪狗有着本质的区别,那就是它背后有人,流浪狗要么对人乞怜,一副可怜巴巴的样子,要么非常敏感,人的随便一个动作,都会令其逃之夭夭,被欺负是它们的常态,根本不敢对人吠叫,

一不小心谁的一脚就飞了过来。崽子虽混迹于流浪狗中,但腰杆子挺得笔直,根本不把一般的人放在眼里,该叫的叫,该咬的咬,带着一群脏兮兮、看上去破烂不堪的野狗啸聚小区的小广场,很是耀武扬威,害得带小孩的妇女避之不及,生怕它们伤了孩子。

少年时就非常艳羡那些有一条大狗的人,特别是牵一条肩高盈尺、脖子粗壮、目光傲慢的大型犬散步,那感觉一定非常美妙,狗仗着人势,人借着狗胆,走着走着就会忘乎所以。

为了对付“三高”,医生嘱我多运动,散散步。每次出去走路,就想有条大狗陪着该是怎样的惬意。有次刚出单元门准备去散步,崽子就迎了过来,我心中不禁一动,为何不带着崽子一同上路?虽然它的体量小了点,可它毕竟是条狗啊!于是我冲着它打了两声口哨,示意它跟我走,崽子果然聪明,屁颠颠地跟着我跑,可是出了小区大门,我准备朝山野方向走的时候,崽子却停步了,回头望望来路,似乎是告诉我,不能离家太远了!我只好站下,用一长一短的两声口哨唤它过来,我蹲下身子,抚摸着它溜圆的脑瓜子,对它说,没事的,崽子,跟我去散步,转一圈咱们就回来了……回来给你买火腿肠吃,咋样?崽子毛茸茸的尾巴欢快地摇动着,显然它已听懂我的话，对一条狗，用不着做艰苦细致的思想工作，只要把目的重点讲出来，用不着绕弯子，一切都不是问题。

小区后面原先是一道荒凉的野山，后来被一个房地产老板以荒山绿化为名承包了，大部分用来种树。野山上的树已经栽种了几年，春天的时候，山上一片青翠，紫的、黄的野花把地面搞得斑斑驳驳。山上有一条碎石铺就的小路，随山势起伏蜿蜒，极适合步行。

崽子显然也是第一次上这样的山，异常兴奋，左突右奔的，一会儿跑到了前面消失不见了，一会儿又落在了后面汪汪乱叫，忽然惊到一群野鸽子扑棱着翅膀飞起，崽子则纵跳几下，想要来个空中捞月，无奈跳起的高度有限，只能眼睁睁地看着猎物飞走，对空干号几声而已；有时崽子会扑向草丛里的蚂蚱，满嘴不知是草屑还是蚂蚱，被呛得连声喷嚏。

这道野山梁横亘有好几公里，从西面上去，东面下来，手机运动计步在8000多步，差不多5公里，每次有崽子陪伴，感觉用不了多久就走完了，几乎不费什么劲。每次回来，我都会在路边的小卖部里给它买一根牛肉火腿肠作为犒赏，有几次我走得慢了些，崽子先行就钻进了小卖部，卖货的姑娘已认得崽子，手里拿一根火腿肠对姗姗来迟的我说："看你家的小狗多聪明，自己知道取货了。”我感觉很自豪，就仿佛它真是我养的狗一样，我仅仅给它提供了几根骨头而已，其他一概不管，还有什么付出？而崽子是那样的守诺，它所给我的忠诚，绝不是几根骨头能够换来的，况且骨头得来的友谊能够长久吗？它听从我的口哨，陪我散步，满足我的愿望，哪怕它和一群流浪狗玩得正欢，只要远远听到我一长一短的两声口哨，便飞也似的奔来，如一道黄色的闪电。

可是不久，崽子失踪了。那天晚上回来，快到单元门口，我照例打了两声口哨，而我预期的窸窸窣窣的快速的碎步子并没有从黑暗中传来。怎么了？我懊丧地在心里嘀咕。如是几天，都不见崽子的身影，忍不住敲开它的主人家，主人说，他们也找了几天了，有人看见崽子被一个穿黄大衣的人抱走了。崽子这回真的丢了！

大概半年以后，我从这个小区搬迁了，临走时我多又不舍地环顾着曾经无比熟稔的一切。崽子的主人又养了一条白色的小狗，胖乎乎的，像个肉球，它从崽子的窝里滚出来，对着我摇尾巴，我忍不住对它也打了两声口哨，小胖子没啥反应，尾巴一直在摇。

又过了一年多，我重回过去的小区办事，还没到原先的单元，就听到尖厉而狂暴的吠叫。崽子？凭声音我就断定是它，果然，崽子带着那条胖乎乎的小白狗挡在路口，我用力打了一长一短的两声口哨，崽子猛地愣了一下，停止了吠叫，但遽然间它已反应过来，一道黄色的闪电，向我飞扑过来。

蝙蝠　蝙蝠

前几年在北京做刊物，租的房子在后海边上，在一片老北京四合院的包围下，唯一一栋两层楼的小洋房是羊房胡同街道办事处——其中的三间房，是我们在北京的临时居所兼办公室。

这里距北京著名的景点恭王府很近，走路不到一站的距离，来北京看我的朋友不少，来了除了要喝酒，再就是我得带他们去恭王府转转。

恭王府曾是大贪官和珅的私宅，后来成了恭亲王奕䜣的府邸，虽然叫恭王府，但和珅的影响似乎更大一些，大多的游人都是冲着他来的。

和珅是一个迷信而偏执的人，蝙蝠在满族文化中有很强的幸福吉祥之寓意，相传当年努尔哈赤遇难时，就有蝙蝠来相救，再就是蝙蝠的蝠字与福谐音，更是有好彩头，和珅用蝙蝠装饰园子也就不足为奇了。可令人不能接受的是，蝙蝠怎么会救人？蝙蝠那狰狞猥琐的模样，会给人带来福运？关键是他弄了9999只蝙蝠，有的被绘成彩画安置于廊道、屋檐上；有的被木头雕刻成蝙蝠安放于门头上，甚至连水潭都做成蝙蝠的造型，被称为"蝠池"。那些被彩绘的蝙蝠，不啻是画出蝙蝠的各种造型，而且是绘成故事，如一只蝙蝠从天而降，嘴里含着一枚寿桃，寓意"福寿双全"。类似这样的图案很多，又几乎都蕴含了这样的吉祥寓意，真是为了祈福而煞费苦心。放眼满世界的蝙蝠，真能给他带来多少福呢？事实是，前帝才走几天，他便被新帝嘉庆赐死。

有不少好事的游客，想数清楚究竟有没有9999只蝙蝠，从进园的那一刻就开始数上，没多久便乱了，估计没有人真正数清楚过。管它究竟有多少只，和珅将蝙蝠当成了图腾，他崇拜的福字，拜他所赐，现如今成了全中国人的图腾。

也曾有过与蝙蝠近距离接触的经历。小时候听大人说，蝙蝠是老鼠偷吃了盐变成的，所以它也叫盐鼠。那时候便对盐产生了巨大的敬畏之心，盐的力量让人捉摸不透，吃了盐可以生出翅膀，让在地上出溜出溜乱跑的家伙，飞凌于我们的天空，而且细尾巴也凭空消失了。

夏天傍晚的时候，天黑得晚，一群半大的孩子在打麦场上嬉闹，便会有三五只蝙蝠来凑趣，或斜刺里掠过，或低空飞行，迅疾而舒展，犹如当下的隐形战斗机。有人告诉我们，把鞋子脱下来抛到空中，蝙蝠或以为是猎物，会冲上去截击，如果钻进了鞋窝里，就有可能被下坠的鞋子带到地面，也就抓到了蝙蝠。于是乎，看见蝙蝠飞近，十几只臭烘烘的鞋子都被抛向半空，有几次真有蝙蝠接近，鞋子此起彼伏，掉回地上的发出沉闷的声响，可最终没能逮住一只蝙蝠，都没有了兴趣，鞋子也扔不动了，一群屁孩儿无奈地看着蝙蝠在眼前来回穿梭，心情沮丧透顶。

小时候只看见过蝙蝠飞来飞去海盗一般的身影，还真没几个人近距离见过它的真容，特别是那张骷髅一般的面孔。

我曾经在一栋30多年的老楼里，住过几年，由于是在三楼，再加之新疆的蚊蝇少，就没在窗户上再加防护栏纱窗什么的，无遮无掩敞亮多痛快。但没想到的是，有天晚上我在客厅看电视，听到旁边的房间噼里啪啦的扑打声。是波斯猫逮着老鼠了？冲过去打开灯一看，只见一只蝙蝠在房间里绕着圈飞，而我养的白色波斯猫则不时越起飞扑，几乎是旱地拔葱，能窜起一米多高，我还没发现这只懒猫何时练成这般武功，没几个回合，白猫一爪子就将蝙蝠从半空摘了下来，干净利落。那是我平生第一次近距离观看蝙蝠，丑陋的小脑袋上两只耳朵直竖着，就像德国黑背微缩版的耳朵，绿豆大小的眼睛倒是黑亮黑亮的，闪着莹莹不灭的光。

之后的某一天，我正在书房里啜饮着香茗，苦思冥想，不知何处传来了极其细微的声响，如果不是我处在近乎入定的状态，肯定发现不了。起身，绕着房间一处处细听，发现窸窸窣窣的声音来自墙角的一只三阳开泰的仿哥窑大花瓶，遂贴近了再凝神，鼓腹的花瓶里好像不止一个活物，叽叽咕咕的，似有婴儿般的娇呻，不禁大惑。小心将花瓶从墙角的架子上移下，置于窗前的明亮处，探头一看，大骇！只见花瓶的广腹内，挤挤挨挨的几乎半瓶都是黑褐色的小蝙蝠，它们叠压着、蠕动着，搅动着黏稠的体液和难闻的气味。天哪！这里何时成了蝙蝠的产房，难怪夜深人静时，常听到翅膀拍打的声音，原来是没有遮挡的窗户，成了它们进出的大门，而墙角的那只广腹大花瓶，竟成了它们的巢穴。

是夜，我把花瓶放回原处，大开窗户，把台灯灭了，默然地坐在书桌前，静候蝙蝠的到来。其实用不着那么小心，在蝙蝠看来，这早已是它们的天下，我书房里的自然环境，更适合它们的生存，它们在这里相恋、交配，最后产下爱情的结晶。一切都是在秘密而公开的场合发生的，要不是那些不谙世事的蝙蝠崽子暴露了目标，那个三阳开泰的大花瓶也许就成了它们生命的摇篮，是它们家族的圣地了。还没到子夜时分，蝙蝠们陆续回来了，先是一只，后来是三四只，它们从洞开的窗户逸进，几乎没啥声响，飞进屋子后，翅膀偶与窗帘触碰会发出轻微的噼啪声，然后它们在屋子里盘旋，视我而不见，就好像我和那些家具花草是一样的东西，它们盘旋的圈子愈来愈小，在花瓶的上方一顿，倏地就不见了，其他的蝙蝠也如法炮制，一切归于平静。

不是我不爱野生动物，也不是不能容与它物共同生活在一个空间，只是实在不敢与一窝蝙蝠为伍。邻居说，蝙蝠是福，你家的风水一定不错，要不它咋不去别个家？实在无奈，请朋友来帮忙，朋友倒是干脆，将那半瓶小蝙蝠悉数倒进一只大塑料袋，提到不远处的公园去放生。

我则在家中，烧了一壶开水，用清洁剂好好洗刷那只花瓶，直到没有了什么异味。

我也关闭了大敞的窗子，谢绝一切蝙蝠造访，以绝念想。

秋去冬来，大小太多的事，我也早把蝙蝠的事忘到了脑后。才入夏的一个晚上，忽然一个黑影自开启的窗户潜入屋内，不好，是蝙蝠！心中大惊，开灯看，一只硕大的蝙蝠在半空旋翔，几圈后，猛然收翅，又钻进了墙角的那只花瓶里。我好生纳闷，都过去了一年，它们居然有这么好的记忆，记得这个屋子，记得这扇窗户，记得墙角的广腹花瓶。我已经用100度的开水和浓烈的化学清洁剂消除了属于它们的气味，缘何它们还是认准了清洁球的花瓶就是它们的爱巢？

忽然的病痛来得迅疾，被朋友送进了医院，一住就是半个多月，疼痛中昏睡过去，无聊中醒来，忽然就想起一事，住院走得匆忙，忘了关上窗户，估计家中已是蝙蝠的乐园，忙请朋友去我家中看看。朋友去了不久便回来了，手指还绑着创可贴。果然如我猜测的一般，墙角的花瓶又有了半瓶小蝙蝠，朋友将它们倒入塑料袋时，还被一只大蝙蝠咬到了手指。天哪，我的客厅真是风水宝地，现在不是人类侵占了野生动物的领地，而是它们想要将我挤走了。

我不禁又想起我与蝙蝠的持久之战，被蝙蝠侵占的书房。当我住了几个月医院回到家时，鱼缸里的鱼全部横尸水中，窗台上的花花草草一片凋敝，这还不算什么，地板上、沙发上、书桌上刺目的斑斑点点的黑色蝙蝠粪便，让我顿感无限凄凉。

就在那天，我把所有的窗户都安装上了细密的纱网。